親王殿下のパティシエール❷

最強の皇女

篠原悠希

ハルキ文庫

角川春樹事務所

本書はハルキ文庫の書き下ろし作品です。

目次

『親王殿下のパティシエール２』の登場人物たち

マリー
パティシエール見習い。フランス人の父と華人の母のハーフ。永璘に伴われフランスから清国へ渡って来た。将来自分の菓子店を開くという夢を持つ。

永璘《えいりん》
清国皇帝乾隆帝第十七皇子。爵位は貝勒《ベイレ》。ヨーロッパ視察中に訪れたフランスでマリーと出会い、清国へ連れ帰った。

燕児《えんじ》
マリーの同僚。厨房でフランス菓子を作るのを手助けしてくれる面倒見のいい兄弟子。

アミヨー
京の天主教（キリスト教）堂に勤める高齢の修道士。チェンバロ・オルガン奏者。マリーの良き相談相手でもある。

鈕祜祿氏《ニオフル》
永璘の嫡福晋（正妃）。落ち着きのある柔和な佳人。健気な性格で、献身的に夫を支える。

和孝《わこう》
乾隆帝最後の娘。爵位は固倫公主《グルニグンジュ》。夫は清国一の富豪である臣下の長男。

第一話

点心局の新厨師

西暦一七九一年一月　乾隆五十五年十二月
北京内城　永璘邸宅

菓子職人見習いのマリーと、王様のガレット

フランス生まれのマリー・フランシーヌ・趙《ちょう》・ブランシュが、大清《だいしん》帝国の首都北京《ペキン》に移り住み、乾隆帝《けんりゅうてい》の第十七子、愛新覚羅《アイシンギョロ》永璘《ヨンリン》皇子の邸《やしき》、慶貝勒《けいベイレ》府《ふ》の厨房《ちゅうぼう》で働き始めて、およそ三ヶ月が過ぎた。

マリーはこのところ、とても気になっていることがある。

イエス・キリストの降誕祭を終えて一週間が過ぎても、新年が来ないのだ。

フランス人の父を持ち、華人を母とするパリ育ちのマリーは十六歳。現在は菓子職人こと、糕點《ガオディアン》厨師《チューシー》の見習いだ。職業柄、新年《ノエル》にはどんな料理やお菓子が用意されるのだろうと、清国で初めて過ごす年越しの夜を楽しみにしていたのに、いつまで経《た》っても、何も起こる気配がない。

初めは、清国では新年を祝う習慣がないのかしらと思っていたのだが、一月に入ってからようやく、同室の下女たちは、正月の行事に身に着ける簪《かんざし》を出したり、晴れ着を繕《つくろ》ったりするなどの準備を少しずつ始めた。使用人たちは、寄り集まっては今年は誰が正月に帰《き》省《せい》できて、誰が居残りになるのか、などと話し合っている。

点心局に勤める厨師助手で兄弟子の燕児《えんじ》青年に、どうしていつまでも新年を祝わないのかと訊《たず》ねると、意外な答が返ってきた。

「何を気の早いことを言ってんだ。正月はまだ一ヶ月も先だろうが。新人が正月休みをもらえるとか、思ってんじゃないぞ」

休みのことなどひと言も言ってないのに、問答無用で叱《しか》り飛ばされた。

永璘邸の厨房に勤めて今年で七年目を迎えるという二十歳すぎの燕児は、漢族としては小柄で、満族にしては色が黒く眼が大きい。激務をこなす厨師助手らしく、細身ながら無駄のない強靱《きょうじん》な体つきをしている。厨師見習いとして、女性が王府の厨房に勤めるという清国では前代未聞《ぜんだいみもん》の珍事にも、いつの間にか慣れてしまったのは、若さゆえの柔軟さであろう。

他の徒弟と区別したりせず、丁寧《ていねい》に仕事を教えてくれるのだが、口は悪い。

ふたりのやりとりを見ていた職場の上司、点心局局長の高《こう》厨師と、同僚の徒弟たちにも変なことを言うやつだ、という顔で見られる。

マリーは混乱した。

欧州から清国への航路で、アフリカ大陸をぐるっと回った間に、自分の時間感覚がおかしくなったのだろうか。南半球は季節が逆で、赤道を通過したときは頭が沸騰《ふっとう》するほど暑かった。地球を半周する間に季節が延《の》びることはあるかもしれない。

だがしかし、降誕祭のミサはマリーが欧州から持ってきたカレンダーの通りに、北堂で開催されたではないか。ある休日の午後、カレンダーを眺めながら考え込んでいたマリーは、自分の話を笑わずに聞いてくれる人物を訪ねることに決めた。

「ああ、その暦《こよみ》は清国では使われないんですよ」

永璘皇子の公私の秘書を務める、鄭書童《ていしょどう》こと鄭凜華《りんか》は、マリーの手元をのぞきこんで言った。鄭はマリーより七つ年上の二十三歳という少壮《しょうそう》の官吏《かんり》で、二年にわたった永璘皇子の外遊に随行《ずいこう》したひとりだ。欧州の視察中にフランスの市民革命に遭遇し、パリ脱出と旅の苦労を分かち合ったことから、マリーとは気の置けない友人のようなつきあいが続いている。


鄭凜華は書庫から薄い冊子を持ってきて、マリーに手渡した。

「これが、今年の暦です。来年の暦は、まあ年内には配布されると思うんですが」

翌年の暦はいつもぎりぎりに発行されるのだと、鄭は苦笑する。

「東洋では、月の巡りに合わせて暦を作ります。細かい計算は私もちょっとわからないので省略しますが、清国の元日まで、あと二十八日です。厨房では季節の料理や点心を用意しますから、マリーも一冊は持っていた方がいいですね」

さらに親切なことに、筆を執《と》り、冬至からこちらの、西洋暦との日付のずれをわかりやすく書き込んでくれる。

墨《すみ》を乾かすために、パラパラと暦帳をめくったマリーは、ぎっしりと並んだ漢字を見て目がチカチカし、頭もくらくらした。

「あれ？　ちゃんと一月、二月、ってなってますね。どうして、ずれていることに気がつかなかったんだろう」

　マリーは首をかしげる。

「月を数字で表すのは、記録を書き取る役人か読書人です。庶民の会話では、節気《せっき》や中気《ちゅうき》の月名を使いますから、読み書きする者の少ない厨房や使用人長屋では、耳にすることがなかったんでしょう」

　鄭は丁寧に説明してくれた。そういえば誰かが『立冬《りっとう》の何日』、と言っていたのを、『十一月のことかな』と勝手に解釈したことをおぼろに思い出す。

「降誕祭から新年まで一ヶ月も間があるなんて、なんか不思議。お祭りの間隔《かんかく》が空《あ》いているのは、慌ただしくなくていいかも」

　新年を待つ楽しみが先に延び、マリーは一ヶ月も得した気分だ。

「清国民には、天主教《てんしゅきょう》のお祭りは関係ありませんけどもね」

　鄭は苦笑とともに応える。マリーは暦をめくりながら、質問を重ねた。

「清国には降誕祭がないわけですが、国を挙げての祝祭日に、家族や友人同士が一堂に集まって、贈り物をする習慣はあるんですか」

「重陽《ちょうよう》や春節《しゅんせつ》がそうですね。正月には、親戚の子どもや仲のいい友人、世話になっている相手との贈答品のやりとりがあります。一般的に喜ばれるのは、縁起のいい品物や食べ物ですが、相手の好みがわからないときや目下の者には、現金を包んで贈ったりもします」

「お金も喜ばれるんですか。でも、それはそれで合理的ですよね。点心局の同僚や、女の子たちの喜ぶ物がわからないから、お金を上げた方がいいのかな」

　鄭はにっこりと笑った。

「マリーは性別も年齢も、身分さえ関係なく誰でも喜ぶ贈り物を、自分で作れるじゃないですか」

　一瞬きょとんとしたマリーは、鄭の言わんとするところを察して、微笑《ほほえ》み返した。

「でも竈《かまど》を使うのに高厨師の許可が要りますし、お菓子を作っているところはみんなに見られちゃいますから、贈り物なのに隠しておけないです。あれ？」

　暦を指で追っていたマリーは、驚きの声を上げた。

「今日が清国の十二月朔日《ついたち》で、西洋暦では一月の……ああ、なんてこと。明日は公現祭《こうげんさい》じゃないですか！」

　マリーは慌てて鄭凜華に礼を言い、使用人の住む下女長屋へと駆け戻る。フランスから持ってきたトランクを開けて、パティシエであった父の遺産でもあるレシピ集を繰り、公現祭に作る菓子のレシピを探す。

　菓子職人の見習いだったマリーを清国に連れてきたのは、この邸の主人である永璘皇子だ。欧州外遊中に西洋の菓子が気に入った皇子は、フランス革命の余波で仕事も家族も失ったマリーを自邸の厨房に雇《やと》い入れてくれた。しかし、母が華人だったとはいえ、生まれ育ったフランスとは常識も文化もまったく異なる国の、男ばかりの職場で働くことは楽ではない。

自分のような外国人の若い娘を徒弟として受け入れてくれた点心局の面々には、なにか特別なお菓子を作って贈りたい。しかし、手に入る材料が限られている。フランスならば、待降節《たいこうせつ》に作った保存の利《き》くお菓子やパンを年末から年明けまでに食べ尽《つ》くし、新年六日の公現祭には『ガレット・デ・ロワ（王様のケーキ）』を焼いて『王様もしくは女王様のパーティ』をする。

イエス・キリストの生誕を祝福するために、聖母マリアを訪れた東方の三博士《ロワ・マージュ》を祝うお祭りだが、宗教的な説明は必要ないだろう。アーモンドクリームを詰めたパイ生地《きじ》のお菓子に隠された、フェーヴと呼ばれるそら豆か小さな人形を引き当てた者は、パーティの間『王様または女王様として好きなように振る舞うことが許される』という遊びがメインなのだから。

それに、慣れない清国の暮らしで、いつも相談に乗ってくれる天主教堂のフランス人修道士アミヨーにクリスマスの菓子を贈る約束をしたのだが、オーブンもなく、必要な材料もそろわないので、祭事向きの凝《こ》ったお菓子は作ることができないでいる。

ガレット・デ・ロワは、バターをたっぷり使った折り込みパイだ。大量のバターが手に入らない清国の厨房では、豚脂《ラード》で代用するしかない。中に詰めるクリームも、バニラやアーモンドによる香りづけのできない、卵風味のカスタードクリームだけだ。

そんな中華風味のガレット・デ・ロワは、アミヨーの口に合うだろうか。年老いたアミヨーの顔が嬉しげにほころぶところを想像して、マリーはレシピを胸に当てた。迷っている暇はない。公現祭はもう明日なのだから、とりあえず作ってみるしかないだろう。

マリーは、洋菓子の練習をしたい旨を高厨師に伝えた。

「雲彩蛋餅乾《ユンサイダンビーガン》を作るのなら、勤務時間にやればいい」

点心局の局長である、前から見ても横から見ても丸くて恰幅《かっぷく》のいい高厨師は、慶貝勒府の御用達《ごようたし》ともなった、ビスキュイ・ア・ラ・キュイエールの中華名を口にした。

卵白と卵黄を分けて泡立ててから、篩《ふる》った小麦粉と砂糖を軽く混ぜ合わせ、短時間で焼き上げるビスキュイ・ア・ラ・キュイエールは、さくっとした歯触りとふんわりした甘みが、清国の人々にも好評であった。他にも、カリンの果汁を固めた冷菓などが永璘の妃《きさき》たちにも喜ばれている。

「いえ、フランスで年明けに食べるお菓子です。バターの代わりに豚脂《ラード》を使うので、量や混ぜ加減を試しておかないと、と思って」

高厨師は、「ああそういえば」とむっちりと肉のついた指で耳のうしろを掻《か》いた。

「業者に頼んでおいた乳脂《バター》と牛の乳が少し手に入った。倉庫に運ばせておいたから、あれを使え。足りるかどうかわからんが」

マリーの顔がパッと明るくなった。いそいで倉庫に駆けつけ、一斤《いっきん》（約五百グラム）ほどの淡い黄色のバターと、蓋《ふた》付きの瓶に入った牛乳を見つけた。

竈のひとつに底石を置き、薪を足して鍋の置き口に蓋をする。

バターを切り分け、四分の一を溶かす。

きれいに拭《ふ》き上げた調理台に、二斤分のパイ生地に相当する小麦粉を盛って山を作り、窪《くぼ》みを作って分量通りの冷水、塩、ワインヴィネガーはないので米酢で代用し、溶かしたバターを注ぎ込んだ。

「何を作るんだ?」

李三《りさん》が興味津々《しんしん》で訊ねてくる。

「王様のガレット。でも、薄力粉《はくりきこ》しかないから、ちょっと違うものができそうだけど」

「ガレットって、前に作った固めの焼餅《シャオビン》? 作り方が違うみたいだけど」

「ガレット、っていっても、パイなんだけどね。なんでそう呼ぶのかは知らない。薄くて円《まる》いお菓子はとりあえずガレットとも言うし。漢語で焼いた小麦粉の点心を、ぜんぶ焼餅って呼ぶのと似てる。パイ皮の中にクリームを入れて焼くの」

「ふうん? 粉物の皮になんか入れて焼くなら、餡餅《シアンビン》だな」

小麦粉の山を窪みへと崩しながら、生地をまとめてゆくマリーの手つきを眺《なが》めながら、李三は相槌《あいづち》を打った。その日の仕事を終えた燕児や李二《りに》も寄ってきた。

「餡《あん》は何を入れるんだ?」

燕児の問いに、マリーは肩を落として答える。

「アーモンドクリームを入れるのが正しいんだけど、ないからカスタードクリームを作るしかないね」

「卵と牛乳の餡だな。じゃ、おれが作ってやる」

牛乳と卵黄に砂糖と薄力粉、コーンスターチの代わりに片栗粉《かたくりこ》でとろみを出すマリー流のカスタードクリームは、誰もが作れるようになっていた。とはいえ、牛乳がいつでも手に入るわけではないので、マリーの実験に付き合うことの多い燕児の作るカスタードクリームが、もっとも滑《なめ》らかでおいしい。

「ありがとう、燕児」

マリーはにっこりと笑って礼を言う。

「礼なんか言ってる場合か。そろそろおれの方が、瑪麗《マリー》よりも美味《うま》く作れるようになってきたぞ」

燕児が胸を張って主張すれば、マリーは争う気もなく笑って応えた。

「清国人の口に合うクリームなら、燕児が作った方がおいしいにきまってるでしょ」

李二は燕児を手伝い、李三はマリーについて、それぞれの作り方を覚えようとする。

さらに小麦粉を作業台に置いたマリーを、李三が質問攻めにする。

「もっと作るのか」

「こっちは豚脂《ラード》で作ってみるの。バターとは香りと風味だけじゃなくて、生地の焼き上がりと食感も違うんだけど、並べて比較したことはなかったから、食べ比べるのにいい機会だと思って—

油脂だけを入れ替えて、他は同じ分量と材料で、生地をまとめあげる。

生地を休ませている間に、折り込み用にとっておいたバターを叩いては伸ばして、生地と同じ固さにする。

休ませていた生地を、作業台に広げて麺棒《めんぼう》で伸ばし、バターを包み込んでふたたび麺棒で長方形に伸ばし、三つ折りに畳《たた》んではまた伸ばすことを繰り返す。

そしてまた生地を休ませている間に、豚脂の生地も折り込む作業を片付けた。

「雞蛋奶油《ジーダンナイヨウ》ができたぞ」

燕児が陶器の碗にカスタードクリームを注ぎ入れて、鍋とお玉を洗ってくるように李二に言いつける。李二はお玉を舐《な》めながら、洗い場へ向かった。

乳製品や牛乳を使った菓子や料理はないものと思っていたマリーだが、ある日近くの教会でもらったクリームを高厨師に見せたところ『そいつは奶油《ナイヨウ》だ』と言われた。クリームに相当する漢語があるということは、ほかにも乳製品があるはずだ。そう思って高厨師にさらに訊ねたところ、チーズもヨーグルトも、ちゃんとあるらしい。

高厨師は『そりゃ、清には遊牧民もいるからな。蒙古族《もうこぞく》は馬や羊の乳を水のように飲むらしい。だが、そういえば乳製品はあまり出回らないな。乾酪《チーズ》は手に入りやすいから、欲しけりゃ注文しておくぞ』と協力的だった。

上司は馴染《なじ》みのないお菓子や食材に理解を示してくれるし、同僚《どうりょう》は洋菓子に興味を持って手伝ってくれる。もしかしたら、欧州で白人と対等に働こうと気を張っていたときよりも、ずっと楽しいかも知れない。

鮮やかな淡黄色のクリームをひと匙《さじ》すくって、マリーは口に入れた。

「おいしい！　ダマもできてないし、すっごく滑らか。老爺《ラオイエ》にお出ししてみようか」

マリーが満面の笑みで太鼓判《たいこばん》を押したとたん、燕児は先ほどの啖呵《たんか》はどこへやら、急に目を白黒させて、「いや、まだそんな畏《おそ》れ多い――」と言葉を濁《にご》す。

生地を二度も休ませている間に、いつの間にか日暮れ時となってしまったが、燕児以下全員が住み込みなので、問題はない。

バターをたっぷりと練り入れたパイの焼き上がる、香ばしい匂いが厨房に漂《ただよ》う。牛乳のにおいを苦手とする清国人は少なくないというが、若い燕児と成長期の李兄弟は、パイにカスタードクリームを詰めたガレット・デ・ロワの芳香を胸いっぱいに吸い込んで、唾《つば》も呑み込んでいる。

「そろそろかな」

薄暗い厨房で、目を細めて竈の焚《た》き口をのぞき込み、パイの上皮の焼き色を見つめていた燕児は、マリーに声をかけた。

「そろそろね」

ミトン代わりの革手袋を両手にはめたマリーは、燕児とこめかみをひっつけるようにして竈の前にしゃがみ、焚き口の中をのぞき込んだ。

「おまえら！　こんな時間に厨房で何をしているんだっ！」

背後から浴びせられた突然の叱責に、ふたりは飛び上がった。驚いて同時にふり返ろうとしたために、マリーと燕児は額《ひたい》をぶつけてしまう。

「痛っ」

「王《おう》厨師！」

ミトンをはめた手で額を押さえるマリーの横で、燕児が狼狽《ろうばい》と怯《おび》えもあらわに叫《さけ》んだ。

マリーも燕児の視線を追う。

年は三十代の前半から半《なか》ばであろうか、きりきりと太い眉《まゆ》とまなじりを吊り上げた、あごの四角いがっしりとした体格の男が、ふたりをにらみつけている。

「だれ？」

いきなり怒鳴《どな》りつけてくる、見たことのない人間を唖然《あぜん》とした顔で見上げたマリーは、しごくまっとうな質問をした。

「燕児、といったな！　こんな時間に厨房に女を連れ込んでいちゃつくとは、とんでもないくそがきめ！」

「いやいや、あなた誰ですか。いきなり失礼な。燕児、このひとのこと、厨師って呼んだね？」

マリーはすっくと立ち上がって、王厨師と呼ばれた闖入者《ちんにゅうしゃ》をにらみ返した。

「あなたこそ、勝手に厨房に入ってきて、怒鳴り散らすなんて、どういう了見ですか」

「マリー」

横から燕児に袖を引かれて、マリーは困惑する燕児の瞳に口を閉じる。

「新しい厨師だよ。点心局の第二厨師として、明日からくることになってたんだけど――今日は紹介だけで厨房を見て回って、すぐに長屋へ案内されたから、マリーは顔を合わせなかったんだ」

ひと月前に、長く不在であった邸のあるじ永璘が帰宅してから、客の出入りも増え、日々の作業量が飛躍的に増えた厨房は、厨師や厨師助手を新しく雇い入れることになった。点心局にも熟練の厨師が増えることはマリーも聞き及んではいたが、こんな急に新人が入ってくるとは予想もしていなかった。

大清帝国において、皇帝の住む紫禁城《しきんじょう》の御膳房《ごぜんぼう》は、作る料理や扱う素材によって五つの部門に分かれ、各局に二班ずつ、班ごとに主任厨師と六人の厨師、つまり料理人だけで合計七十人もの人数で運営されているという。

もちろん、末っ子皇子の王府と、皇帝の御膳房とは比べものにはならない。しかも、慶貝勒《ベイレ》府のあるじ永璘皇子は、二年以上も自宅の貝勒府と北京を留守《るす》にしていた。

永璘不在の二年間は、温厚な性格の嫡福晋《ちゃくふくしん》、鈕祜祿《ニオフル》氏が家政を仕切っていた。福晋とは清朝における皇子の妃の名称で、嫡福晋は正妃を指す。鈕祜祿氏は永璘と結婚して十年が経つが、いまだ子どもに恵まれないこともあり、万事控《ひか》えめに振る舞ってきた。

家政については浪費を戒《いまし》め、家計も執事任せにせず、きちんと永璘の留守を守っていた賢女でもある。無駄に使用人の数を増やさず、厨房の規模も厨師の数も最低限を維持してきたのだが、主が帰還した以上は王府の体面を損《そこ》なうことがあってはならない。

帰宅した永璘は、満漢の料理をいつでも作れるようにと、厨房の拡張にとりかかった。

いままでは敷地の正門に近い前院にあった厨房を、永璘と妃たちの宮殿に近い後院に移し、さらに中院に漢席の料理人を集めた厨房も建てることを決めた。

これまでの膳房の編成も見直し、新しい厨師を入れて、運営の効率と料理の質を上げていくことが、慶貝勒府で働く厨師たちの暗黙の目標となっている。

『第二厨師が入れば、おれも休みが取りやすくなる』

と、高厨師は応募を受け付けるたびに、嬉しそうに履歴書《りれきしょ》を眺めていた。

「このひとが、点心局の第二厨師？」

マリーは唖然として燕児にささやきかけた。燕児はひどく青ざめて、カクカクとうなずき返す。

「下女が厨師に口答えするとは、この厨房の風紀はどうなっているんだ！」

新参だが上司となる厨師に叱りつけられて、震え上がっている燕児の代わりに、マリーは真っ向から言い返した。

「私は点心局の徒弟です！　風紀もなにも、ちゃんと高厨師に許可を取って、みんなでフランス風の甜心《てんしん》を試作していただけです」

マリーは両手を広げ、一方の手で鍋を洗って戻ってきた李二と、できあがったパイを切り分けるための皿とお茶を用意していた李三を示した。ふたりとも、突然の闖入者が新上司であったことに、驚き怯えた顔で硬直している。

額に青筋を立て、ますます顔を赤くしてゆく王厨師に、燕児は慌てて立ち上がり、マリーを庇《かば》うように前に出た。

「あの、王厨師《ラオイエ》。もうひとり徒弟がいると、高厨師が言ってましたよね。こちらがその、うちの老爺がご旅行中に、法国《フランス》で見つけて連れて帰ったという糕點師《ガオディアンシー》の見習い趙瑪麗《マリー》です」

三人めの徒弟がまさか女であったことは、予想もしていなかったらしい。王厨師は信じがたいものを見るように、マリーをにらみつけた。

まっすぐにらみ返そうとしたマリーだが、不快に鼻を刺激する焦《こ》げ臭さにはっと我に返った。

「きゃーっ！　ガレット・デ・ロワが！」

竈からは、もくもくと黒っぽい煙が上がっている。火傷《やけど》もおそれず、焼き皿を引っ張り出したが、すでに遅かった。

パイの皮は真っ黒に焦げ、竹串でつついた中身は固くなっていた。

――貴重なバターが！　公現祭の祝いに、アミヨー神父様に差し上げたかったのに！

黒焦げのパイを呆然と見つめるマリーを、李兄弟も悲惨な面《おも》持ちで見つめている。

清国でマリーが初めて作ったガレット・デ・ロワは、大失敗であった。

菓子職人見習いのマリーと、慶貝勒《けいベイレ》

清国で初めて作ったガレット・デ・ロワだけではなく、休日も台無しにされた翌日、マリーはさらに最悪な気分で一日を過ごした。それは燕児や李兄弟も同じだったかもしれない。だれもかれもほとんど口を利かず、ただ黙々と王厨師の出す指示に従って、仕事をこなしていった。

昨夜の王厨師は、新しい職場についた興奮で寝付かれず、外を散歩していたところに、暗くなっても厨房に灯《あか》りがついていることに気がつき、不思議に思ってようすを見に立ち寄ったのだという。中では若い男女が竈の前でひっつき合っていたのだから、それはびっくりしたであろうし、不届きな使用人が、寒さをしのぐために厨房で逢い引きをしていたと勘違いしても無理のない状況であった。

王厨師は、菓子を試作していたのだというマリーと燕児の話を信じてくれず、翌朝出勤してきた高厨師に、ことの仔細《しさい》を注進した。

王厨師の剣幕と、真っ黒なガレット・デ・ロワを前に、高厨師はなんとも言えない顔つきで嘆息《たんそく》する。マリーの立場と雇われることになったいきさつは、王厨師に説明してくれたが、納得したようすはなかった。

王厨師は、料理人としてはもっとも脂の乗った年齢で、経験も豊富なことから、数ある応募者の中から高厨師と李《り》膳房長に選ばれたという。

肉や魚介類を料理する葷《クン》局、野菜料理や植物油を扱う素《スー》局、グリル関係の掛炉《かけろ》局、粥《かゆ》や飯を作る飯《ハン》局、そして各種の餅《もち》や菓子、軽食の点心を扱う点心局のそれぞれに、中堅の料理人が雇い入れられ、厨房はいっそう賑《にぎ》やかになってきた。

王厨師に限らず、新しく入ってきた厨師は、マリーを下働きの下女と間違えて、すれ違いざまにあれこれと用事を言いつける上に、徒弟の仕事をしていると叱りつけてくる。

マリーの試作する洋菓子のお裾《すそ》分けに与《あずか》ってきた他局の徒弟は気の毒そうにしているが、外国人のしかも女性が厨房で働くことを不満に思っていた厨師や徒弟は、いい気味だとばかりに助け船も出してくれない。

そして、燕児の立場も微妙だ。これまでは燕児がいた場所に王厨師が立って、高厨師の右腕として点心局を回し始めた。一日の仕事の指示は、高厨師ではなく王厨師から出される。高厨師はこれまで現場にかかりきりだった時間を、事務管理や資料の整理に割《さ》くことができるようになった。

王厨師は、マリーが厨房にいないように振る舞う。指示はみな燕児に与え、李兄弟に用事をいいつける。マリーには話しかけないし、命令もしない。

燕児は王厨師とマリーの間に挟まって、ひどくやりにくそうであった。

指揮系統の外にはじき出された一日、それでも減るわけではない作業量をこなして、マリーは精神的にも疲れ果《は》てて下女長屋に戻った。

「マリーが遅いから、先に始めちゃったよ」

マリーよりふたつ年上で、同室では最年長の小菊《しょうぎく》がマリーを迎えた。マリーはげんなりして椅子《いす》に倒れ込む。

「漬物と野菜炒《いた》めだけでいいよ。なんか胃が痛くて食べたくない」

「お肉は？」

小菊と同年の小杏《しょうあん》が、飴《あめ》色に煮込まれた豚肉を差し出した。

豚脂《ラード》のにおいに、マリーのわずかに残っていた食欲が霧散する。

洗い場担当で同い年の小蓮《しょうれん》が、同情的な声をかけた。

「点心局の新しい厨師って、なんか感じ悪いね。不機嫌《ふきげん》で横柄《おうへい》な物言いのおじさん」

「忙しいからね。仕事中に愛想のいい厨師の方が、珍《めずら》しいし」

白いご飯と、白菜と黒木耳《くろきくらげ》の炒め物をひとくちふたくち口に運んだマリーだが、呑み込もうとすると胃がしくしくと痛む。あきらめて箸《はし》を置いた。

「日が沈む前に、ちょっと体を動かしてくる」

そう言い残し、マリーは連日氷点下の戸外に備えて外套《マント》に帽子、襟巻《えりま》きを首に巻いて下女長屋を出た。

白い息を吐き、凍った雪を踏《ふ》まないよう足下に注意しながら、凍《こご》えそうな外気の中を向かったのは、西園《さいえん》と呼ばれる貝勒《ベイレ》府《ふ》の広大な庭園だ。皇十七子の永璘の邸は、いくつもの宮殿が並ぶだけでなく、その宮殿群がすっぽりと入り込むほどの広大な庭をも有していた。

北京は世界でも有数の大都市で、人口密度も高いのだが、マリーが見慣れたパリ市街とは異なり、二階建て以上の住宅はほとんど見かけない。

清国にも高層建築はあり、紫禁城や内城を囲む城壁、城門の上に聳《そび》える楼閣《ろうかく》、仏教寺院の仏塔などは、見上げる頭が背中についてしまうくらい高いのだが、一般の住宅は皇族貴《き》顕《けん》の豪邸を含めて、せいぜい二階建てが普通であった。といっても、宮殿そのものは壮大で、一階の屋根が一般住居の二階をゆうに超える高さがある。

皇帝の住まう紫禁城、紫禁城を囲む満蒙漢の旗人《きじん》層が住まう内城、そしてその内城の外には、清国の庶民が住む外城がどこまでも広がっている。

庶民だけでなく貴族も三階建て、四階建ての宮殿やアパルトマンにひしめき合って暮らす、フランス都市型の環境に生まれ育ったマリーには、この広大無辺の大都市の、ほぼすべての住宅が平屋建てであるということが信じがたい。そしてたとえ皇族といえど、一皇子が都心にこれだけの庭園を個人で所有しているということも、西園に足を踏み入れるたびに驚きを感じる。

永璘に言わせると、邸や庭園の規模は、他の王府に比べればまだまだ控えめな方らしい。

慶貝勒府の庭園は、小さな丘や大きな池、巨木巨岩があちらこちらに配置され、丘を回ると、庭園を囲む塀と東側に並ぶ宮殿群や使用人棟は見えなくなる。まるで、ここは都心ではなく、どこかの山の中に迷い込んだような錯覚《さっかく》を覚えてしまう。

手袋を忘れてしまったので、指先がすっかりかじかんでしまったが、いまさら戻るのも億劫《おっくう》だ。それに、このだだっ広い庭園を一周もすれば、清涼な空気に一日の淀《よど》みを忘れ去ることもできるだろう。

そろそろ夕陽に西の空が赤く色づいたころ、マリーは以前も立ち寄った田舎《いなか》小屋の近くまで来た。マリーは少し驚いて首をひねる。前に見たときは廃屋《はいおく》同然であったコテージが、なんとなくすっきりさっぱりとしているように見えたからだ。

新年にそなえて掃除でもしたのかと、マリーはなんという気もなく小屋に立ち寄り、中をのぞきこんだ。

ほんのりと暖かい屋内には、ひとの気配がした。

手前には水甕《みずがめ》に調理台と、竈がひとつあるだけの台所、奥には二間の部屋しかない小屋だ。台所の塵《ちり》や埃《ほこり》、蜘蛛《くも》の巣はきれいに取り払われ、水甕には澄《す》んだ水が満たされていた。竈には火が入り、湯が沸《わ》かしてある。

奥の部屋の前には帳《とばり》が下ろされ、そこに誰かいるようだ。

「あの、」

マリーが声をかけようとしたとき、背後から「誰だ！」と甲高《かんだか》い声で誰何《すいか》された。

魂が頭のてっぺんから飛び出すほど驚いたマリーは、倒れそうになってうしろをふり向いた。小柄ではあるが、防寒着で着膨《きぶく》れた、それなりに年のいった太監《たいかん》が目を怒らせて、マリーをにらみつけている。

「勝手に杏花庵《きょうかあん》に入るんじゃないっ」

料理を入れる提盒《おかもち》を提《さ》げた太監は、真っ赤な顔と、耳の痛くなるような甲高い声でマリーを叱りつけた。

「ごめんなさい」

小屋の手入れをしていたのはこの太監かと、マリーは慌てて詫《わ》びた。太監はマリーの謝罪など耳にはいったようすもなく、空いた手を振り回して、勝手に庭をうろつき回るなどか、とっとと出て行け、などと爪で黒板をこするようなキイキイ声で罵《ののし》った。

その騒ぎに、前室の帳を上げて、中にいた人物が声をかけた。

「何を騒いでいるんだ」

この家のあるじ、慶貝勒《けいベイレ》殿下こと永璘《えいりん》皇子の、品のいい顔がマリーの目の前に現れる。その剝《む》き立てのゆで玉子に、一流の画家が先の細い筆でささっと目鼻を描いたような、優美な面差《おもざ》し。

「リンロン!」

十日あまり永璘の姿を見ていなかったマリーは、嬉しさに自然と顔がほころび、思わず主人である永璘をその愛称で呼んだ。

「マリーか。こんな時間に、若い娘がひとりで外をうろつくもんじゃないぞ」

使用人に愛称を呼ばれたことに不快な顔も見せず、永璘は笑みをうかべてマリーのひとり歩きをたしなめる。鼻の頭と頬がほんのり赤くなっているところと、吐く息の甘ったるさから、寒さに耐えかねて酒を嗜《たしな》んでいたらしい。

「リンロンのお邸のうちじゃないですか。何時だろうと、使用人の私がひとりで歩けないってことはないでしょう？」

冬至からこちら、永璘は宮中行事のために連日のように未明から登城し、午後は外出や来客の相手に忙しく、マリーは降誕祭の日から永璘の姿を見ていなかった。

マリーは、パリで出会ってから北京に着くまでは、家族や対等な友人にのみ許された愛称で永璘を呼んでいた。さすがに永璘が北京の邸宅に戻り、マリーが厨房勤めの厨師見習いという身分に落ち着いた現在は、一家のあるじを愛称で呼ぶことは周囲を憚《はばか》る。

しかし、周りに他の使用人がいないときは、永璘はマリーに愛称で呼ばれることを好んだ。

使用人のなかでも貴人の側近くに仕える近侍《きんじ》の太監が、ふたりのやりとりを目を丸くして眺めている。ふたりきりではないことに気づいて、マリーは口を押さえた。

「私のことより、皇子さまがこんな野中の一軒家もどきの小屋で、おひとりで酒を飲んでいていいんですか？」

そう言ってから、マリーは自分を怒鳴りつけた近侍へと、肩越しにふり返った。身分の区別に厳しい清国で、近侍が皇族の酒の相手をすることはあるのか、いまひとつ確信がない。

「酒を飲むためにここにいるわけではない。酒は体を温めるためだ。そこは寒いだろう。とにかく入れ。黄丹《こうたん》、酒を温めて、杯をもうひとつ用意しろ」

黄丹とは、この太監の名前と思われる。初めて見る近侍だったが、永璘は黄丹にマリーを紹介する必要は、特に感じないらしい。

永璘に招かれるままに、マリーは黄丹を台所に残して、小屋の奥へ足を踏み入れた。竈には火が燃えているから、ひとりでも耐えられないほど寒くはなさそうだが、まるでそこにいない者のように扱われる近侍とは哀《かな》しい仕事だ。

永璘は卓と椅子のある前室を通り過ぎ、奥の部屋にマリーを通した。

手頃な狭さの部屋には、窓際に炭鉢が置かれ、鉄瓶《てつびん》が湯気を立てていた。片方の壁には寝台と暖房設備を兼ねる小ぶりな炕《かん》がある。炕には絹の座布団と、漆塗《うるしぬ》りの小さな卓が置かれていた。卓の上には陶磁器の杯と瓶子《へいし》、そして鍍金《ときん》された銅製の手焙《てあぶ》りが並んでいる。

かすかに燃える炭の匂いが漂う、とても閑雅《かんが》なしつらえの田舎家だ。

しかし、骨を嚙《か》むほどの冷たい隙間風《すきまかぜ》は、毛皮を裏打ちした上着や、綿入れの旗服《きふく》では防ぎきれるものではなく、永璘は温めた酒で寒さをしのいでいたらしい。

永璘は手焙りの蓋を取って赤く燃える炭を足し、マリーに手渡す。冷え切った両手に温かな手焙りを当ててひと息ついたマリーに、永璘は炕に腰を下ろすように勧《すす》めた。

マリーは言われるままに炕の端に腰かけ、そのために視界に入った反対側の壁に目を瞠《みは》った。そこには洋式の画架に画布がかけられ、夏の港にジャンク船の行き交《か》う風景が、遠近法を用いた写実的な手法で描かれていたからだ。

まるで、西洋人の画家が描いたような、奥行きのある風景。

絵の具はまだ乾いておらず、そういえば永璘はいつもよりも質素な長袍《チャンパオ》をまとい、その袖を絵の具で汚している。

「澳門《マカオ》の港ですね。リンロンが描いたのですか」

「わかるか」永璘は嬉しげににっこりと笑った。

「そりゃ、わかりますよ――」

――澳門入港のときに、いっしょに見た風景じゃないですか――

マリーは後半の言葉を胸の内にしまいこみ、あふれてこないように両手で胸を押さえた。

そのかわり、心からの感嘆と称讃《しょうさん》を口にした。

「リンロンの画力も素晴らしいですけど、記憶力がすごいですね。絵画って、風景やモデルを見ながら描いても、なかなかそれらしいのは描けないものですよ。これ、澳門に行ったことがある人なら、誰でもわかります」

画布の横に置かれた椅子に腰かけ、永璘は満足そうに微笑む。

「老爺《ラオイエ》、夜食の用意がととのいました」

部屋の外から先ほどの太監が声をかけた。永璘は立ち上がって奥の間を出て行った。そしてすぐに、右手に瓶子と新しい杯、左手には肴《さかな》の入っているらしい碗がふたつ用意された盆を持って戻ってくる。

太監に運ばせず、永璘が自ら給仕をするとは想像もしなかったマリーは、慌てて立ち上がった。

「皇子さまがそんなことするんですか！　言ってくれれば私が運びましたよ」

永璘は盆を炕の小卓に置いて、軽い声で笑った。

「私にも腕は二本、指は十本ある。盆くらい運べるぞ」

酒のせいか、あるいは絵の腕を褒《ほ》められたせいか、永璘はずいぶんと機嫌がいい。

「黄丹には、前室より奥には入らぬよう命じてある。盆を隣の部屋から出し入れするくらいは、私が自分でしなければ水も飲めないからな」

「では掃除も、ご自分でされたのですか」

マリーは驚いて訊ねた。

「いや、絵の道具を持ち込む前に、黄丹に掃除をさせた。私がここを使っている間は、小屋そのものに誰も足を踏み入れさせないように、厳命してある。だから黄丹はマリーを怒鳴りつけたのだ。夜食を取りに出たわずかな隙に、この厳寒の庭をうろつき、あばら家に入り込む輩《やから》がいるとは思わなかったんだろう。悪く思わないでやってくれ」

誰も入れない部屋に招かれた理由は、マリーが澳門《マカオ》の風景と記憶を共有する人間だったからだろうか。あの船に同船していた随身たちは、この美しい夏の海の風景画を見ることを許されないのだろうか。

永璘は自ら瓶子を取り上げ、ふたつの杯に注ぎ、ひとつをマリーに差し出す。清国の酒に飲んだことのないマリーは、両手で杯を受け取ったものの、鼻につんとくる匂いに眉《まゆ》を寄せた。

「あんまり強いお酒は、飲めないかも」

「この寒さだ、いくら飲んでも酔いはしない。むしろ戻るまでに血が凍らないように、少し飲んでいけ。乾杯」

なにに対しての乾杯かを言わぬまま、永璘はマリーにではなく、画架の絵に杯を掲《かか》げて、その酒を飲み干《ほ》した。

誰も足を踏み入れることを許されない小屋の、その奥の部屋に招き入れられたことが使用人の間に知れると、またマリーの立場は難しくなってしまう。だが、永璘はそんなことには頓着《とんちゃく》しない。思いついたときに、清国の常識から外れた欧州の思い出を話せるマリーを側に置いては、友人か家族のように話しかける。

屋敷には立派な書斎があるのに、どうして一家のあるじが廃屋寸前の小屋で絵を描いているのか。何か事情があるのかなと察したマリーは、永璘の仕草を真似《まね》て口に杯をつける。温かくて、甘いような酸っぱいような、なんとも言えない味の酒をちびりちびりと苦労しながら飲む。

「厨房には馴染んだか」

思いがけない問いに、飲みかけていた酒が気管に入ったマリーは、ごほごほと咳《せ》き込んだ。口を押さえ、袖の端で目尻に滲《にじ》んだ涙を拭いて、マリーは「ええ、おかげさまで」と応える。

「高厨師の助手の燕児が、カスタードクリームをおいしく作れるようになりました。バニラなどの香料が手に入らないので、私的にはいまひとつなんですが、卵の濃厚な風味が清国では好まれるんですね。粘度《ねんど》も高めにしたのが受けて、みんな喜んでます」

「それは味わってみたいものだな。いつ披露《ひろう》してくれる？」

「固めのカスタードクリームは餡にも向くので、フランスの新年に食べるカスタードクリーム入りのパイを作ろうとしたんですが、焦がしてしまいました」

マリーは失敗の理由に王厨師の名を出すのを避けた。

「焚き口から熱が逃げやすいために、大きな物を焼くときは奥と手前が均一に焼けないという問題が解決できません」

「やはり、西洋式の竈《かまど》でないと難しいか。鄭書童に任せておいた設計図も見たが、中が広くて密閉式のところは、竈と言うよりはむしろ、陶器や磁器を焼く窯《かま》に構造が似ていると思った」

そのあたりの知識に乏《とぼ》しいマリーは「そうですか」と素直にうなずいた。竈よりも、窯の方が相手にとって想像しやすいのなら、その言葉を覚えて使うべきだ。覚書帳を持ってこなかったことを悔やむ。いま話にでた鄭凜華のように、常に帳面と筆記用具を持ち歩いて、新しく知った単語を記しておく必要があるかもしれない。

「一度に大量のパンを焼くために、開口部を低くして幅を広げた開放型の『窯』もありますけど、そういうのは壁がすごく厚いです」

永璘は豆瓣醤《トウバンジャン》で赤く染まった大根の漬物を口に運んでうなずいた。

「大量の煉瓦《れんが》を必要とすると、鄭書童も言っていた。すでに手配してあるから、焼き上がり次第《しだい》届けられると思うが、後院の新しい膳房ができあがってからでないと、現在の厨房に搬入することはできないな。当分は西園のどこかに積み上げておくか」

「本当に、いまの厨房を西洋式に改造するんですか」

マリーは菓子工房には広すぎる厨房を思って訊ねる。

「満漢洋の膳房を我が王府にそろえることができたら素晴らしい贅沢《ぜいたく》だが、胃袋がひとつしかないのが残念だ」

永璘は笑い声を上げた。

「とはいえ、西洋人の厨師を雇い入れるのは、いろいろと面倒だ。数もそろわないだろうし、皇上の許可も下りないだろう。王府の規模が大きくなると、膳房と使用人の厨房を分ける必要も生まれてくる。現厨房の改装方針については、もう少し煮詰めなくてはならないだろうな。マリーは洋菓子作りに必要な面積と設備を、書き出しておけ」

マリーは自分の菓子工房がこんなに早く実現するかもしれない、ということに嬉しさを感じたが、同時に不安も覚える。

「でも、私はまだ見習いですから、修業も終えないうちに自分の工房を持ったら、ちゃんとした職人になれないいんじゃないでしょうか。高厨師について、中華の甜心《てんしん》も学びたいです」

マリーの言葉に、永璘は微笑んだ。

「マリーの向上心は称讃に値する。帰国の船旅でも、われわれの曖昧《あいまい》な説明から、中華の甜心を作ってくれたな。特に豌豆黄《えんどうこう》と蕓豆巻《うんとうまき》は、宮廷の甜心にひけをとらないほど、滑らかでよい練り具合だった」

「船の旅では、新鮮な食材はすぐになくなってしまいますが、保存のきく豆だけは、大量に積み込まれてましたからね。おかげで、リンロンのお口に合うのができあがるまで、何回でも挑戦することができました。豆の練り菓子は母から教わっていたのも、役に立ちました」

永璘は過去を懐かしむ瞳で、ゆったりとうなずく。

船上の単調な食事にうんざりしていた永璘を喜ばせるのは、並大抵の苦労ではなかった。船乗りは黴《かび》の生《は》えてないパンと、茹《ゆ》でた豆が出てくれば文句は言わない。西洋人の上流階級は、長い船旅であれば焼いた肉と、芋《いも》かパンがあれば我慢してくれるが、大清帝国の皇子永璘は、そういうわけにはいかなかった。

「往きの船旅は地獄だったが、帰りはマリーのお陰で楽しかった。修業はマリーの好きなようにやりなさい。困ったことがあれば、いつでも相談に乗ろう」

永璘は杯を盆に置き、立ち上がった。

「そろそろ行くか」

画架から画布を取り上げ、くるくると巻き上げた。

「あ、まだ乾いてないのでは」

そのまま居間に飾《かざ》れるほど見事に描けた風景画を、なんて雑に扱うのかとマリーは驚いた。しかし、永璘は丸めた画布を左右に振って「問題ない」と応じ、大股で部屋を出る。

マリーは小走りでそのあとを追った。前触れもなく出てきた主人に慌てて拝礼する黄丹に、永璘は竈に薪を足すようにいいつける。薪を足されて赤く燃え上がる竈の焚き口へ、永璘は丸めた画布を突っ込んだ。

「リンロン、なんてことを！」

絵具の油に火が移り、画布は瞬《またた》く間に炎に包まれた。夏の日に永璘と見た澳門《マカオ》の風景は、たちまち灰になってしまった。

「描いてみたかっただけだ。だが、清国の人間には、誰にも見せるわけにいかない。黄丹、奥の部屋の画材は、画架を残してすべて処分しろ」

筆も、使い残した高価な油彩絵具も、焼き捨てるよう命じる無表情な永璘の面《おもて》は、竈の炎の照り返しを受けて赤く染まる。台所の隅《すみ》で膝をつき、うつむいて拝命の返事をする黄丹の表情は、マリーには見えない。

永璘がマリーの目の前で自作の絵を処分するのは、これが初めてではなかった。

燃やされてしまう絵に、なんの罪があるのかは、異国人のマリーには想像もつかない。

永璘には水準をはるかに超えた絵の才能がある。マリーは永璘が外遊中に描き散らしていた描画をたくさん目にしていた。もしフランスの王侯貴族のように革命で地位や領地を逐《お》われても、絵で食べていくことはできそうだと、追従《ついしょう》ではなく思っていた。

稀代《きたい》の書家であり、天賦《てんぷ》の詩人と讃《たた》えられる兄皇子永瑆《えいせい》のように、永璘には絵画で名声を博し、後世に名を残すこともできるだろう。

それにもかかわらず、永璘はどんなに素晴らしく描き上げた絵も、できたはしから、破り捨てるか燃やしてしまう。

自身の才能と可能性を自ら全否定してしまう理由を、永璘は教えてくれない。そこから先は、雇われ菓子職人見習いには踏み込めない領域であった。

飾りのない帽子を被《かぶ》り、地味な色合いの外套《マント》をまとった永璘に送られて、マリーは使用人棟へと戻る。ときおり他の使用人とすれ違い、挨拶《あいさつ》を交わすものの、すでにあたりは暗かったこととと、永璘の外套が煌《きら》びやかではなかったことから、マリーと並んで歩く、背の高い男性が永璘皇子であると気づいた者は誰もいなかった。

自分の家にいながら、どれだけ使用人に顔が知られていないのか。

マリーにとっては不思議な現象でしかなかったが、清国では高貴な人間の顔を正面から見るのは無礼なことであるし、下級の使用人はあるじの住まう後院へ行くことは許されないのだから、下女や下男が主人の顔を知らないことは珍しくもない。

まして、一年の半分は宮廷の行事で、皇帝について自邸や都を留守にしている永璘皇子と、一般の使用人との接点は、驚くほど少ないのだ。

人目を忍んで西園の小屋に出入りするために地味な外套をまとった永璘が、長靴の音を響かせてマリーに付き添う姿を、侍衛のひとりと見誤るのも無理はない。

「そういえば、正月三日が妹の誕生日だ。法国《フランス》の菓子を贈りたいのだが、何か作れるか。例えば──あの、外がサクッとして中がふわりとした丸い煎餅《せんべい》に、甘い餡を挟んだコロンとした焼き菓子」

「マカロンですか。材料のアーモンドがあれば作れます。高厨師に仕入れることができるかどうか、聞いてみますね」

「頼む。あと、毎年の春節明けには、妹の誕生日会を兼ねて、身内だけ、つまり兄弟姉妹だけで小宴を催《もよお》すのが慣例になっている。今年は当家の担当で──マリーは法国の踊《おど》りも踊れるという話を聞いたが、ちょっとした余興など、披露できるか」

　永璘の不在時に、気晴らしに踊っていたバレエが引き起こした騒動は、耳に入っていたらしい。マリーは赤面して辞退する。

「私は菓子職人で、踊り子ではないですよ。遠慮します。それに、バレエなんぞ見せたら、お嬢さまが興奮して大変なことになります」

　永璘のひとり娘、三歳の幼い公主《こうしゅ》がバレエを真似して踊り回ったことで、マリーは母親の庶福晋の不興を買ってしまった。それ以来永璘の三番目の妃である張佳氏《ヂャンギャ》には毛虫のように嫌われているのだが、日々退屈しているらしい幼い公主は、マリーの姿を見かけると遊んでくれるものと確信して追いかけてくる。

ただでさえ、異国人で厨師を目指す若い女ということで人目に立つのだ。これ以上目立つようなことはしたくない。しかも皇族の集まる席で余興など、とんでもない。

「無理にとは言わないが、妹の和孝《わこう》公主はとても活発な娘なので、バレエを見せてやればきっと喜ぶ。自分の考えをしっかりと持っている和孝は、年の近いマリーとは気が合うだろう。私も、パリの劇場で見たのと同じようなものなら、もう一度見てみたい」

「プロのバレリーナの舞台とは、比較にもなりませんよ」

マリーは謙遜《けんそん》でなく断言した。

「どちらにしても、ひと月も先のことだから、ゆっくり準備してくれ」

マリーの辞退をさらりと無視して、永璘は微笑んだ。

回廊を避けて通る使用人の脇通路など、初めて歩くのだろう。永璘は物珍しげに使用人の長屋を見回した。下女長屋の前の狭い通路では、灯りとともに老若の女たちの声が賑やかに漏れてくるさまへ、興味深げな視線を投げかけた。

マリーの長屋の前で足を止めた永璘は、立ち去り際にふと思い出したように、フランス風に帽子に手を当てる。マリーもまた、フランス淑女《しゅくじょ》の作法で、片足を軽くうしろにひいて、ちょこんと膝を曲げて腰を落とし、すぐに背筋を伸ばして立つ。清国女性のように、膝を曲げたまま相手の言葉を待ったりしないのだ。

「Bonne nuit, Votre Altesse（おやすみなさい、殿下）」

意味を理解した永璘はにこりと笑ってから、片手を振って後院へと立ち去った。

マリーが扉に手をかけようとしたとたん、扉がひとりでに開いて、中から小蓮が転がるように出てきた。

「瑪麗《マリー》！　いまの、お方！　って、もしかして」

息を切らしながら、マリーの腕をつかんで永璘の去った方向を見つめる。

永璘だったなどと答えれば、マスケット銃から撃ち出された弾丸のようにそのあとを追いかけそうだったので、マリーは敢《あ》えて嘘《うそ》を言った。

「侍衛さんに送ってもらっただけ」

がっかりした顔で、しおしおと部屋に引き返す小蓮を、小菊が笑う。

「いくらマリーが老爺《ラオイエ》のお気に入りだからって、宗室の皇子さまが、こんな下女長屋まで使用人を送ってくるわけないじゃない。その辺の好色な貴族の御曹司《おんぞうし》とは違うんだから」

どんな表情で相槌を打っていいのかとマリーは困ったが、適当に笑ってごまかす。

「小蓮、まだ老爺のこと憧れてるの？」

マリーの問いに、小蓮は頬を赤く染める。

この邸に勤めて一年に満たない小蓮は、先月帰還した永璘を初めて目にして以来、すっかり魂を奪われてしまっていた。

「まさか。そこまで身の程知らずじゃない。でも」

そこで言葉を切って、小蓮は力なく首を左右に振る。

小蓮が目にしたのは、気品のある端整《たんせい》な顔立ちに、すらりとした体軀《たいく》、濃紺《のうこん》の生地《きじ》に金《きん》襴《らん》の刺繍《ししゅう》のほどこされた、対《つい》の双龍が舞う馬褂《ばかい》の裾を翻《ひるがえ》して、颯爽《さっそう》と歩み去る愛新覚羅《あいしんかくら》永《えい》璘《りん》だ。頭頂に紅玉の煌めく青狐《あおぎつね》の官帽をかぶり、容姿の整った侍衛を引き連れた永璘は、夢にも出てきそうな皇子さまだった。

「でもねぇ、皇子さまの中身って、いろいろと期待できないよ。庶民と王侯貴族の間には、深くて越えられない川があるんだからさ」

同じ屋根の下にいながら、必要なときにしか話しかけられることのなかった黄丹太監の、年齢不詳の小さな姿を思い浮かべながら、マリーは嘆息した。

小菊が小蓮の肩を軽く叩きながら、「まあまあ、風邪《かぜ》を引いたようなものだから。そのうち醒《さ》めるって」と宥《なだ》めた。

菓子職人見習いのマリーと、点心局の新厨師

「あと何回、転がせばいいのかしら。もう餡の黒いのは見えなくなったよ」

真っ白な視界に意識を朦朧《もうろう》とさせつつ、マリーはつぶやいた。

大きな平笊《ひらざる》を置いた調理台は白い粉で覆《おお》われ、その上で両手に持った平笊を上下に揺すったり、円を描くように水平に振ったりし続けたために、もち米の粉を浴《あ》びたマリーの上

半身は真っ白である。

　フランス人を父に持つマリーの肌は、しばしば乳白色にも喩《たと》えられるが、さすがにもち米の粉ほど白くはない。顔についたもち米粉のまだらな隙間から、鼻から頬へと散ったそばかすがいっそう目立つ。

　容姿の美しさが尊《とうと》ばれる清国では、十代後半の未婚の女子には致命的な欠陥《けっかん》らしいが、厨房で働く身では化粧《けしょう》などできない。まして、菓子職人としての技術を身に付けて独立する夢を抱えるマリーにとって、顔についているのがあばたであろうが、そばかすだろうが、どうでもいいことだ。

「元宵《げんしょう》の皮に充分な厚みが付くまでだ。本番には何千という元宵を作るんだぞ。いまから音《ね》をあげてどうする」

　マリーが手を止めると、燕児が笊の元宵を集めて言った。

　燕児は集めた元宵を深い笊に移し、水を張った桶《おけ》に浸《ひた》して濡らしてから引き上げ、ざばっとマリーの抱える平笊にぶちまけた。マリーが手を休めることができたのも一瞬で、ふたたび一抱えもある平笊を左右に回す作業にとりかかる。平笊の上で転がる元宵の上に、燕児はさらに大量のもち米粉をばさばさとふりかけた。

　北京の新春に不可欠となる餅菓子作りに、マリーと燕児はこれが何度目かも覚えていないくらい、この工程を繰り返している。

　年が明けて最初に迎える満月の日を元宵節《げんしょうせつ》といい、この日に食べる伝統の菓子を元宵という。まん丸に成形した元宵を満月に見立てての、縁起のいいお菓子だ。元宵節の前後には、餡が何種類もある何千という元宵を作らねばならない。今年は新人がふたりいることもあり、予行演習よろしく朝からひと通りの元宵を作ると、高厨師が宣言したのだ。

慶貝勒《ベイレ》府のあるじ永璘は、まだ二十四歳の若さである。家族は妃が三人、子どもは三歳の娘がひとりと、決して多くはない。しかし貝勒府に勤めるのは、皇族の世話をする上級の召使いである侍女、太監、要人の護衛と邸の警備を預かる侍衛、朝廷から派遣された官吏、そして、王府の運営に携《たずさ》わる執事や家政婦、生活を支える洗濯舎に針子部屋、部門としてはもっとも人数の多い厨房の調理師、その助手と見習い、皿洗い、広大な敷地と建物を管理する修理工、石工、園丁、掃除係まで数えれば、住み込みの使用人だけで軽く百人は数える。

しかも、その数は日に日に増え続けていた。

その全員に元宵を五個ずつ作れば五百個は必要だが、もちろんそれで足りるわけがない。家中《かちゅう》だけではなく、出入の業者や商人、訪問客とその侍者への接待にも元宵は供され、親戚縁者への遣い物としても、元宵節の点心は、あちらからこちらへ、こちらからあちらへと、嵐の中の木ノ葉のようにやりとりされる。

しかも、先月から始まった新しい厨房の普請《ふしん》のために、大勢の大工や石工が出入りしているので、もちろんそちらにも温かい元宵を出さねばならないのだ。

「次は胡桃《くるみ》餡の元宵だ」

王厨師が、たっぷりの胡桃餡を詰めた一抱えもある容器を、音を立てて調理台に置いた。もち米の粉が舞い上がり、視界が白く染まる。マリーと燕児は、粉を吸い込まないよう、さっと身を反《そ》らし、息を止めた。

「ひえええ、黒胡麻《くろごま》餡のだけで、百個は作りましたよね」

思わず悲鳴を上げるマリーに、少し離れた調理台から、高厨師が怒鳴り返す。

「同じ餡ばかりじゃ飽きるだろうが。あと、小豆《あずき》餡、白花豆《しろいんげんまめ》餡、堅果《けんか》と干果《かんか》の餡、それから棗《なつめ》餡と、どんどん作るぞ。おい、李三《りさん》、倉庫からもっと砂糖を取ってこい！」

マリーよりふたつ年下だが、立場上は兄弟子にあたる李三は、まだ少年といってもいい年頃だ。隣の調理台で兄の李二と水餃子《すいぎょうざ》の皮を伸ばしていた李三は、「はいっ」と勢いのある返事をすると、倉庫を目指して厨房を飛び出した。

王厨師はマリーの悲鳴と高厨師のやりとりに、不快そうにぎゅっと眉を寄せた。しかしマリーには何も言わず、燕児に顔を向けて作業が遅いことを叱りつける。

「いつまでかかっているんだ。日が暮れるぞ」

「すみませんっ」

燕児は肘《ひじ》を伸ばして体の両脇につけ、下を向いて王厨師に謝る。

「燕児のせいじゃないです。私が慣れてないのがいけないんです」

王厨師は熟練の厨師なので、元宵などは目をつぶっていても作れる。ただ、中身の餡の種類や味付けが家庭ごとに微妙に異なるため、慶貝勒府の味を高厨師から直伝されているのだ。

王厨師はマリーの声が聞こえなかったように、燕児に仕事の手を速めるように言いつけて高厨師のもとへ戻った。

燕児が苛立《いらだ》ちを隠さずにマリーを急《せ》かす。

「さっさとまぶしてしまえよ。あとがつかえてるんだから」

「精一杯やってるよ。だけど、笊がだんだん重くなるんだもの」

水を吸わせてはもち米粉をまぶしつけることを繰り返せば、坂を転がる雪だるまのように大きくなっていくのだから、笊が重くなってしまうのは当然だ。

これだから女は、とつぶやいた燕児がチッと舌打ちするのを耳にしたマリーは、顔を上げてキッと兄弟子をにらみつけた。

「新しい厨師が入って席次が下がったからって、私に八つ当たりしないでよ」

小さい声でつぶやいたつもりだが、厨房の空気が殺気立っているために、マリーの口調もきつくなる。見る間に耳まで赤く染めた燕児は、「うるせえよ」とマリーから平笊を奪い取った。

「瑪麗《マリー》は胡桃餡を丸めてろっ」

燕児は年季と経験を物語る鮮やかな手並みで笊を操り、元宵はころころと弾みながら瞬く間に厚みを増していった。マリーは急いで粉をすくって笊の上にふりかけてから、胡桃餡を匙《さじ》にとって丸めていった。

燕児は痛いところを突かれたことを自覚しているようで、それ以上はマリーに文句を言わず、本来はふたりでやる作業をあっという間に終わらせた。

もう最後のひと振りだったこともあり、余分な粉をはたき落とした燕児は、縁《ふち》の盛り上がった大皿に、もち米粉をまぶし終えた元宵を積み上げた。それから持ち場に戻り、胡桃餡をマリーの三倍の速さで丸めて、もち米粉を広げた平笊に放り込んでいく。

いままでは自分のいた場所に、一人前以上の働きのできる厨師が入ったのだから、燕児の胸の内は複雑だろう。そして徒弟の監督として、清国の料理と厨房にいまだに戸惑《とまど》うことのあるマリーの指導にも手がかかる。燕児は後輩の要領の悪さまで責められて、王厨師に減点されてしまうのだ。

『王府の厨房なのに、各局に厨師がひとりずつしかいなかったのが、これまでおかしかったんだ』

助手の釈然としない思いを知ってか知らずか、高厨師は新任の厨師と職場の変化について、機嫌良くマリーたちに説明した。

上司の思惑《おもわく》とは反対に、急に人手が増えたことから、人事の変動に角の突き合いや不都合があったのは、点心局ばかりではない。

邸内の雰囲気は、マリーが勤め始めた三ヶ月前とはずいぶんと違ってきた。

「なんかやりにくいなーって思っているのは、燕児だけじゃないよ。私だってきつい」

「そんなのわかってて厨師になるって決めたんだろ」

休憩《きゅうけい》に出す茶菓用の元宵を茹でながら、燕児は怒った口調で鼻息も荒く言い返した。

女性が手に職をつけて、ひとり立ちするという概念のない社会に、外国人のマリーが女厨師見習いとして厨房で働くことへの風当たりは強い。

新人だがマリーよりもずっと上位にある王厨師は、女が厨師を目指しているという事実を容認できないようだ。マリーを徒弟のひとりとして扱う高厨師には何も言わないが、女が厨房で包丁を扱うことに、態度の端々から嫌悪感を滲ませている。

その最たる態度が、マリーに直接話しかけず、燕児を通して仕事を回してくることだ。

マリーにとっては、世界の反対側にある欧州はフランスから、東洋の大帝国清に移住してきて、最初の新年である。宗教も生活習慣も違い、目白押しのめでたい行事についてもなんの知識もないところへ、誰もが知っていて当たり前の料理や菓子を作らねばならない。道具から材料、手順のひとつひとつを説明し、あるいは聞き漏らした指示や、初めて聞く北京語の単語を、何度も訊き返してくるマリーに教えなくてはならない燕児の苛立ちも募《つの》るばかりであった。

たびたび、マリーと燕児の間に穏当ではない言い合いが起きるのだが、徒弟としては三ヶ月前に厨房に入ったばかりのマリーが、上席の燕児に逆《さか》らうことなど許されない。

「はいそうです。女だてらに、北京で一番で超一流の糕點《ガオディアンチューシー》厨師になりたいのは、このマリー趙です」

マリーはあごを上げて宣言した。鼻に皺《しわ》を寄せて眉を寄せ、口の両端は上げるというしかめ笑いを燕児に向ける。

「だったら元宵づくりで音を上げてる場合じゃないだろうが。そっちの浮いてきたやつからすくって碗の湯に入れろ」

燕児に言われるままに、マリーは黒胡麻餡《くろごま》と胡桃餡《くるみ》、小豆餡の元宵を間違えないように一個ずつ碗に盛り、その上に熱い湯を注いで休憩用の卓に並べた。徒弟の李二と李三がすでに茶を淹《い》れて、高厨師と王厨師の前に置いている。

王厨師はもっぱら高厨師に話しかける。あまりに早口なので、マリーはふたりの会話をほとんど聞き取れない。上席が話しているときに、下位の者が雑音を立てたり、口を挟んだりすることは厳禁なので、燕児以下徒弟たちはおとなしく点心を食べ、手持ち無沙汰《ぶさた》に茶を飲むことになる。

王厨師が来る前の休憩時間は、マリーと燕児、李二と李三はおしゃべりで息を抜いたものだが、今後はそんなお楽しみは期待できそうにない。

マリーは黙って茶を飲み、湯の中で逃げ回る真っ白な団子を箸でつかまえ、息を吹きかけながら口に運ぶ。

李二と李三は、はふはふと音を立てながら、箸で器用につまんだ元宵をぱくりと齧《かじ》り、にゅっとしたもち皮と餡の部分を上手に嚙み切って口に入れる。幸せそうに顔をほころばせ、二口めで熱い元宵を食べきった。すかさず次の元宵を箸でつかまえる。

しかし、固形にしろ液体にしろ、熱いものをそのまま口に運ぶ習慣のない欧州に育ったマリーは、「あち、あち」とつぶやくばかりで、なかなか元宵を口に入れることができない。

考えたマリーは小皿を持ってきてその上に元宵を置き、箸をナイフとフォークのように両手で持って、左手の箸で元宵を押さえ、右手の箸で元宵を四つに切り分ける。一本箸を四つ切りの元宵に突き刺し、息を吹きかけて冷ましながら口に運ぶ。

むっちりもっちりとした食感は、生まれて初めて体験する。これがおいしいのかと訊かれれば、マリーとしては味覚以前の問題だと答えるしかない。黒胡麻が主役の餡は、茹で汁が浸透《しんとう》してとろりとしている。添え物のときでも高い香りを主張する胡麻の強烈な匂いと、砂糖の甘さがすべてだ。

黒胡麻餡の元宵を食べ終え、茶を飲み、次の元宵を小皿に移す。胡桃餡の元宵を箸で切り分けると、黄みがかった餡がとろりと皿に流れる。ふたたび右手の一本箸をフォークのように持って元宵に突き刺す。パンで皿のソースを拭《ぬぐ》うのと同じ作法で、とろけた餡を元宵で拭《ふ》き取り、口に運んだ。胡桃餡の味は、擂《す》り潰し具合が黒胡麻よりも滑らかで、砂糖との親和性も黒胡麻餡よりは好ましい。

そして三つめの小豆餡の元宵に箸を伸ばしたところで、点心局の面々が自分をじっと見つめていることに気がついた。

「高、厨師？　何か変ですか」

丸い額に小さな丸い目をしっかり見開いて、高厨師はかぶりを振った。

――まず食べ方が変だし、食べる顔も変だ。なにを難しい顔して元宵を食ってる？」

「両手で箸を持ったり、皿を舐《な》めるようにして食うなど、育ちが知れるな。それとも西洋人はみんな野蛮《やばん》な食い方をするのか」

王厨師が蔑《さげす》みを込めて鼻で笑った。

マリーは一瞬絶句したが、すぐに立ち直って高厨師の問いに答えた。

「このお菓子は初めて食べたので、味わっていたのです。元宵の皮はお湯の中で逃げるし、挟むとひっついてとれない上に、あまりの熱さに舌が焼けちゃうので、お皿に置いた方が食べやすいと思いました」

「寒い元宵節に、熱いのをふうふういいながら食べるのがうまいんだよ」

李三が控えめに口を挟む。マリーは李三に顔を向けて微笑した。

「清国のひとは熱いのを食べたり飲んだりできるの、すごいね。パリだって寒いときは温かいのを飲むけど、清国のお茶やスープほど熱くしない。両親の新婚当時は、お母さんの作るスープでお父さんがよく口の中をやけどしたそうだけど、私がものごころついたときはふつうの温度だったから、私の舌は熱いのが苦手みたい」

「ふつうの温度って、法国《フランス》の『ふつう』だろ」

李二が空の碗を両手に持って会話に加わった。

「国の数ほど『ふつう』があるのかな。元宵の中身みたいだ」

李三は遠い目をして、湯だけになった自分の碗を見つめる。王厨師の手前、お代わりを言い出せないのだろう。

「それで、元宵の味はどうだ。気に入ったか」

李兄弟の発言を無視して、高厨師がマリーに訊ねた。マリーは肩をすくめる。

「慣れない味なので、ちょっと、よくわからないです。胡麻《ごま》も胡桃《くるみ》も油分の多い素材じゃないですか。擂り潰してたっぷり油の出たところへ豚脂《ラード》と砂糖ともち米の粉を混ぜて、さらにもち米の粉を繰り返しまぶして、みっつも食べたら胃もたれしませんか」

マリーは正直な感想を述べたが、王厨師は顔を赤くして掌《てのひら》で卓を叩いた。

「清国の味が気に入らないんなら、そう言えばいいだろう！」

驚いた李兄弟が椅子から落ちそうにのけぞる。燕児はもう黙れと言わんばかりにマリーに目配せをしたが、マリーは王厨師の目を見て言い返した。

「まずいなんて言ってません。もっちりした皮の感触はちょっとびっくりしますけど面白いし、豚脂のにおいには慣れてきましたから、それほど気になりません」

下位の相手に真っ向から言い返された王厨師は、苛立たしげにバンバンと卓を叩き、高厨師へとふり返る。

「この王府の厨房では、小娘に厨師の真似事をさせるだけでなく、点心の味にまで口を出させるんですか！」

高厨師は目を丸くして王厨師を見つめ、マリーへと視線を移した。

「ああ、そういえば瑪麗《マリー》は女だったな」

そんなことは忘れていたとばかりに、高厨師は剃《そ》り上げた側頭を指先でかりかりと掻いた。

「見た目からして間違いようもなく女じゃないですか！　辮髪《べんぱつ》の真似か知りませんが、男のような格好をしていますが」

王厨師は、額に青筋を立てて訴えた。

マリーの見た目そのものは、顔立ちも体型も一見して女だ。

東アジア人の美観にそうような控えめで品のある顔立ちではないが、左右対称の大きな二重《ふたえ》まぶたの目と、高い鼻梁《びりよう》からまっすぐ伸びた鼻は、鳥の嘴《くちばし》のようにそこだけ飛び出した西洋人ほどの高さではない。瞳の色は濃いめの茶色で、光の加減で光彩のふちが緑色に透《す》ける。

白く張りのある肌に化粧をし、艶《つや》やかな柔らかい髪もきちんと結《ゆ》って、それなりに装《よそお》えば、通りすがりにふり返っていく男女は少なくないだろう。

清国の女性であれば結婚して家庭に入るべく、姿形を整え、色も柄も華やかな服を好んで、機織《はたお》りや刺繍を学んでいる年頃である。それなのにマリーときたら化粧っけもなく、ひっつめの三つ編《あ》みを頭に巻き付け、爪も短く切りそろえている。厨房の作業着である、丈の短い詰め襟の旗服にゆるい褲子《ズボン》、前掛けという、燕児や李兄弟と同じなりで仕事をしてきた。

もっとも宮仕えの下級使用人から農民まで、労働階級にある清国庶民の服装には、男女の区別がない。男も女も質素な腿《もも》までの短袍《ダンパオ》と、だぶっとした褲子《ズボン》を身につけていて、性別の違いといえば髪型くらいであった。男子はすべて、辮髪《べんぱつ》という法律で定められた髪型をしている。前と横の髪を剃って、うしろに残した髪を長く伸ばし、辮子《ベンツ》と呼ばれる三つ編みにして背中に垂らす。女子の髪型はいろいろな種類があるが、清朝では髪を頭頂に集め、両把頭《りようはとう》という横に長い鍋の取っ手のような満族特有の髷《まげ》に結うのが、満漢の別なく主流となっている。

高厨師もまた、マリーが勤め始めた当時は、女性が厨房で働くのを嫌がった。マリーは女に見えるのが目ざわりと言われ、せっかく結えるようになった両把頭をあきらめ、長すぎる辮子が仕事の妨《さまた》げになる男子のように、三つ編みを頭に巻き付けている。

「王厨師、これは辮髪じゃありません。王冠巻きといって、欧州ではふつうに女性の髪型ですよ」

自身は男装しているという感覚のないマリーは、敢然《かんぜん》と反論した。

だが、マリーの反論は王厨師の苛立ちに油を注いだようだ。首にまで青筋が浮かび、いまにも怒声を放ちそうなほど、あごに力が入っている。

「この厨房では、徒弟がいちいち厨師に口答えするのを、許しているのですか」

上司の高厨師に失礼にならないように、王厨師は怒りを抑制《よくせい》して震え声で訊く。高厨師はずずっと茶をすすってから、おもむろに答えた。

「許したつもりはないが、うちの老爺《ラオイエ》がまだお若いので、味覚がこいつら若い連中に近い。

この法国人の糕點厨師見習いにいたっては、異国の菓子を気に入った老爺が、わざわざ欧州から連れ帰ったくらいだ。老爺のお好みに応じた甜心《てんしん》をお出しするには、瑪麗《マリー》の意見も参考にする必要がある。他家の厨房どころか、この貝勒《ベイレ》府の厨房でも、筆頭厨師が徒弟の意見に耳を傾けているのは、この点心局だけだ。王厨師には我慢《がまん》ならんかもしれないが、慣れるしかない」

家の主人を引き合いに出されては、王厨師にはそれ以上の批判はできない。

「おれもはじめのうちは、若い娘が厨房をうろつくのに苛々したものだが、時間が経てば案外と慣れるものだ。瑪麗は仕事を覚えるのも早いし、存外に使える。特にこのお邸のご主人方は、老爺の他は福晋《おきさき》が三人に公主がおひとりと、女ばかりだ。奥方さまの体調やご機嫌にも、瑪麗が細かいことに気を回してくれるので助かることもある。しかも嫡福晋さまは太監越しでなく、瑪麗に直接お言葉をくだされるので、奥の院のお好みを知るのが以前より楽になった」

高厨師は同意を求めるように、燕児と李兄弟にうなずいてみせる。

菓子職人見習いとしては、マリーはパティシエであった父親の手ほどきで子どものころから台所に立ち、パリの高級ホテルのパティシエ部門に弟子入りをしたのは李兄弟よりも早い。清国の厨房にもようやく慣れてきて、今日の元宵のように初めて作る中華点心でなければ、日々の作業にもたつくことはなくなっていた。

発言を許された雰囲気《ふんいき》に、燕児が口を開いた。

「でも、さすがに長時間の力仕事には、ついてこられないみたいですね。笊を回す手が遅すぎて、棗餡まで終わらせることができませんでした」

マリーの代わりに叱られ続けた鬱憤《うっぷん》のせいか、味方をしてくれない燕児に、マリーはむっとする。とはいえ、途中からは腕が疲れて、その後は燕児がほとんどひとりで作業を進めたのは事実だったので、兄弟子を斜めににらみつけるに留める。

王厨師は得たりと微笑んで、高厨師の顔を見た。

「女の細腕では、長くは勤められないのでありませんか」

高厨師は苦笑を浮かべかけたものの、すぐに頰を引き締める。

「誰しも、初めての料理は要領を覚えるのに時間がかかる。なんのために燕児を瑪麗《マリー》につけて、元宵をやらせたと思っているんだ」

マリーは内心で手を叩いた。元宵の仕上げをマリーと燕児に言いつけたのは王厨師だったが、仕事の割り振りそのものは、当然ながら局長の高厨師が決めていたのだ。

李三がそっと席を立ち、茶壺を持ってお茶のお代わりを注いで回る。

王厨師はやり場のない苛立ちを李三に向けた。

「李三、お前は点心局の二番徒弟だろう！　茶などは三番に注がせろ！」

八つ当たりではあるが、徒弟としてはマリーが末席なのは事実だ。名前でなく番号で呼ぶとは失礼きわまりないが、ここは新入りで末席のマリーが、二杯目のお茶を淹れるべきであった。むしろこの発言は、王厨師がマリーを徒弟として認めたと、肯定《こうてい》的に受け取るのか心の健康のためによい。

「すみません、いつもの癖《くせ》で」

　李三は慌てて言い訳をした。

「瑪麗は、茶葉の種類関係なしに、沸騰《ふっとう》した湯をいきなり茶壺に注ぐものですから」

　マリーが来るまでは末席であった李三は、休憩になると条件反射的にお茶を淹れて、お代わりも注いで回る。マリーが来てからもその習慣が変わらなかったのは、清国風のお茶の淹れ方をマリーが知らず、学ぶ時間もなかったからだ。

　お茶といえば紅茶しか知らないマリーには、中国茶は淹れ方も異なる上に、種類が多すぎた。

「そうか、瑪麗には茶も仕込まねばならんかったな」

　高厨師は思い出したように手を打ち、燕児が遠慮《えんりょ》がちに応じる。

「でも、前任の茶師が辞めてから、茶房は閉鎖されたままですよ。俺たちが仕事の片手間に、瑪麗に茶を教えるのはちょっと無理です」

　高厨師は腕を組み、ぎゅっと目を閉じてため息をつく。

「茶房の人事は、厨房の管轄《かんかつ》じゃないからなぁ。嫡福晋がお茶の上手でいらっしゃるから老爺《ラオイエ》はお困りでないようだが、客も増えたいまは茶房にも人を入れないと不便だ。膳房長から執事に伝えて、老爺に申し上げてもらおうか」

　点心局内の仕事でさえ、行事が続いて覚えることが大量にあるというのに、この上よその部署にまで送られて知識やら作法を詰め込まれるのかと、マリーは白目を剝いて天井を仰《あお》ぐ。

「まあ、年が明けてからだ。いまは元宵の作り方をしっかり頭と体に叩き込め」

高厨師の一声で休憩は終わり、マリーはさらに大量の元宵を転がすために、重い腰と疲れ切った腕を上げた。

菓子職人見習いのマリーと、貝勒《ベイレ》府の料理コンクール

王厨師の初出勤から、次のマリーの休日までは、文字通り針の筵《むしろ》の日々だった。

高厨師は新しく建つ御膳房の進捗《しんちょく》や、使用人の増えた厨房の人事に伴う他局との申し合わせ、春節に作る料理や宴会の打ち合わせ会議などで、点心局を不在にする時間が増えた。必然的に点心局は王厨師が采配《さいはい》をふるうことになる。

マリーの担当は、以前の入りたてのときのように、洗い物や掃除などの仕事が増えて、食材に触れることが減っていく。

永遠に来ないのではと思われた休日の朝、マリーは起き上がるのもつらかったが、えいっと気合いを入れて外出着に着替え、貝勒《ベイレ》府の通用門を出た。

石畳の通りを、凍えるような寒風が吹きすぎる。マリーは帽子を眉まで下げ、襟巻きを鼻の上まで引き上げて、足を踏み出した。

行き先は宣武門《せんぶもん》に入ってすぐの内城に聳《そび》え立つ、キリスト教の教会だ。通称を南堂という。主日ではないので、お目当てのアミヨー修道士は南堂でチェンバロを弾《ひ》いているはずである。

礼拝堂に入るなり、荘厳《そうごん》なチェンバロの演奏に迎えられる。

祈りを捧げる前から、マリーはここ数日間に溜め込まれた不快で堪えがたい心の澱《おり》が、早春の陽射しを浴びる雪のように融《と》けて行くのが感じられた。

礼拝を終えたあと、マリーはアミヨーに降誕祭から礼拝に来なかったことと、この日はお菓子の差し入れがないことをフランス語で詫《わ》びた。

「宮仕えならば、自分のことはままならないものだ。お菓子などいらないから、来られるときに来て、祈ればいい。それより、なにか悩みごとでも、あるのではないかな」

アミヨーはマリーを告解室へと導いた。狭い告解室の固い椅子に落ち着くなり、公現祭のために焼いたガレット・デ・ロワを台無しにされた悔しさを思い出す。マリーは母国の言葉で、滔々《とうとう》と王厨師への不満をぶちまけた。

「なんていうかですね、私が食材に触るのも嫌みたいで、李三に洗い直すように言いつけるんですよ。ちゃんと手を洗っているのに！」

考えずに紡《つむ》ぎ出せる自分の言語で、ひと通り吐き出してしまったマリーは、深いため息をついた。

「すみません。愚痴《ぐち》なんかこぼしてしまって」

パリの職場で、口汚い同僚やシェフが口にしていた下品な言葉も使っちゃったかな、と反省する。

「そのための、告解だ。他人はもちろん家族にも言えないような罪や痛みを、ここで濯《そそ》ぐための」

マリーは穏やかなアミヨーの声に、他人の罪や痛みを聴き、受け止め続けることは、苦痛ではないかと想像した。しかし、同じ職場に勤める他の修道士との間に、解決策のない不満や確執《かくしつ》が生まれても、それを同僚に愚痴るわけにはいかないだろう。

アミヨーは短い沈黙のあと、穏やかに話し始めた。

「西洋人を毛嫌いする清国人は決して少なくない。役人によっては、キリスト教をひどく憎み、満漢の民が入信したというだけの理由で、同じ清国の無実の民に苛烈な拷問《ごうもん》を加え、棄教しなければ有罪とする者もいる。さらに、伝統として男女の同席をひどく忌《い》む慣習のために、女性の信者が同じ堂内にてミサに参加するのも、当局からは邪教淫祠《じゃきょういんし》の類《たぐ》いであると告発されたことも、かつてあった。実際のところ、マリーが男の職場である王府の厨房で、健《すこ》やかな日々を送ってこられたのは、慶貝勒《けいベイレ》のご威光によるものであろう。その王厨師は、マリーがフランス生まれのパティシエールで、貝勒ご自身によってパリから連れてこられたと、知っているのかな」

マリーは首を傾げて考えてみた。

外遊中の永璘は、大清帝国の皇子という身分を隠し、偽名の璘郎《リンロン》を名乗っていた。その旅の途中、外国の賓客《ひんきゃく》やフランス王侯貴族らの利用するパリのホテルに滞在し、そのホテルのパティシエ部門で、見習いとして働いていたマリーと知り合った。

本人や随員の言動のはしばしから、王侯の身分にあることは明白であった。ポルトガルでもパリでも、王家に連なる貴族が旅の便宜《べんぎ》を図っていたことも、提供される馬車や面会に訪れる貴顕の煌びやかさから隠しようがなかった。

お忍びの旅は、むしろ清国国内へ向けた演出だったらしく、他家の厨房に遣いにやらされたときも、永璘が二年もどこにいたのかは、ほとんど知られていなかった。表向きは、視察のために南方へ遣わされたことになっていたらしい。それでも噂《うわさ》をほとんど聞かなかった者からは、皇末子《こう》は宮中でなにかやらかして、北方の蒙古《もうこ》か、あるいは満族の故地である満洲にでも流されていたのかと訊かれたこともある。

皇族が皇帝の怒りを買って地方に飛ばされたり、幽閉されたりすることは、清国では珍しいことではない。いきなり都からいなくなった皇族については、口を閉ざすのが正しい民の在り方であるようだ。

高厨師が新しい使用人に主人の不在理由を軽々と話すことはなさそうであるし、マリーの出自についても、どこまで明確に話したか、それすら末席のマリーにはよくわからない。

「知ってるとは思いますけど。どうしてですか」

アミヨーは、口をもぐもぐとさせ、両手を何度か握り直しては、言葉を切り出しかねているようだ。

「もし王厨師が、マリーをフランス人ではなく、貝勒《ベイレ》が江南《こうなん》のどこかで見つけて連れ帰った、欧米人との混血だと考えているのなら、おそらくともに仕事を続けていくことは不可能であろう。早い内に、貝勒にお願いして配置を換《か》えてもらうのがいい」

「どうしてですか」

マリーは同じ問いを繰り返した。アミヨーはますます言いにくそうに、少しうつむいて言葉を探す。

「前からいる使用人は、貝勒がマリーを連れ帰ったのをその目で見て知っている。北京にきたばかりのころは、それほど漢語が達者《たっしゃ》ではなかったそうだが、いまではとても流暢《りゅうちょう》になった。初対面であれば、清国生まれの半欧州人と思うだろう。貝勒が欧州の旅を公表し、マリーの身元を明示しない限り、あとから勤め始めた人々は勝手な想像をふくらませる」

マリーは、アミヨーの奥歯に物の挟まったような言い方が気になった。

「あの、よく言われるんですけど、リンロンと私が、男女の関係だと噂されていることですか」

アミヨーは首を横に振った。

「むしろ清国人としては、そちらが真実であればわかりやすく、受け入れやすい。だがそうであれば、一夫多妻が認められたこの国では、マリーの出自に関係なく、妾《しょう》として迎えられているだろう。そうでなく、使用人としておかれているのならば、むしろ奴《ど》隷《れい》と変わらぬ立場であるということだ。清国の裕福な家庭における使用人は、そのほとんどが主人の財産であり、奴隷である、ということをマリーは知っているかね」

マリーは言葉を失った。

マリーが『奴隷』という言葉に抱くイメージは、強欲な奴隷商人によって、アメリカや各国植民地のプランテーション労働に従事させるために売買される、アフリカ黒人の男女であった。

フランスではルイ十四世の一六八五年に制定された黒人法によって、奴隷貿易は禁止されていたが、奴隷制度そのものが消滅したわけではなかった。イギリスやポルトガルでは依然として奴隷貿易は栄《さか》えており、永璘と乗船した澳門《マカオ》への外洋船では、イギリス人貴族に付き従い、お仕着せを着せられた黒人の従者を見かけたり、アフリカ沿岸の港から出港する奴隷船を目にすることもあった。

マリーが永璘と出会った一七八九年から、パリを脱出し、北京に落ち着くまでの一七九〇年代には、イギリス議会において、奴隷貿易を廃止し、奴隷たちの劣《れつ》悪《あく》な環境を改善するために、ウィリアム・ウィルバーフォースをリーダーとする奴隷制度反対運動が佳境に入っていた。

とはいえ、一介のパリ娘であったマリーは、国際奴隷事情や植民地経営のことは、おぼろげな知識しかない。マリーの思い描く『奴隷』といえば『苛《か》酷《こく》な労働に使《し》役《えき》させるために、劣悪な環境に置かれ、悲惨な待遇を受ける可哀想《かわいそう》な黒人の群れ』という絵が浮かんでくる。

「あの、そしたら、同室の女の子たちとか、厨房の李兄弟や――その、燕児もですか」

とても『奴隷』などとは結びつかない。給料も受け取り、食事は毎食たっぷり出され、休みには家族や友人に会うために外出しているし、鎖に繋がれたり、虐《しいた》げられたりしているわけでもない。

「ひとりひとりの事情まではわからないが、おそらく。代々世襲によって決められた家に隷属する定めであったり、貧窮した家族や親族の手で売られてきた子女であったり、という違いはあるだろうが、かれらの多くは生涯《しょうがい》、主人を替えることも、邸を去ることも許されない」

マリーは言葉を失った。

「欧州にも領主と農奴《のうど》という身分関係がある。そちらを想像すればわかりやすいかな」

それなら、なんとなく納得がいく。

「ほとんどの清国人には、手に職を持ち、自分の意志で海を渡り、異国の職場で男と同じように働く女性が存在することを、理解することも認めることもできない」

「でも、高厨師や点心局《ペイレ》のみんなとは、うまくいってましたけど」

「高厨師の場合は、貝勒が自ら厨房に足を運び、マリーを徒弟として採用するよう命じられたそうだね。高厨師の考えがどうあれ、主命は絶対と考えるのが清国人だ。点心局長の高厨師がマリーを受け入れたのなら、その部下は否とはいえない」

　マリーの胸がぎゅうと絞られるように苦しくなってきた。

「高厨師も燕児も、命令で仕方なく親切にしてくれていたんですか。本心では、異国人の女とは、同じ空気も吸いたくないと思っていたんでしょうか」

　手に握ったロザリオを胸に抱きしめて、マリーは肩を震わせた。

「私にはわからんが、もしマリーを同僚として認めていなければ、勤務時間外に菓子を試作するのを、いちいち手伝ってはくれなかったと思う。一度ゆっくり話し合ってみるといい。王厨師については、すでに他家の厨房で経験を積み、清国の職人としての常識を叩き込まれた厨師だ。考えを変えさせるのは難しいだろう。マリーが身元のしっかりしたフランス出身のパティシエールであることを、認めさせるしかないのではないかな。貝勒が欧州へ外遊に出ていたことを、公《おおやけ》にしたくないとお考えであれば、難しいこととは思うが」

　パティシエールとして自立するためには、親方について修業をし、たくさんのレシピを学び、職人としての技を磨くことだとマリーは信じている。そのためには、慶貝勒府の点心局で学べることをすべて学び終えるまで、あきらめるわけにはいかないのだ。

　アミヨーの言うことが正しければ、西洋人のキリスト教徒で、さらに女性であるマリーを雇ってくれる厨房など、慶貝勒府のほかになさそうである。

『マリーの向上心は称讃に値する。好きなようにやりなさい。困ったことがあれば、いつでも相談に乗ろう』

マリーの耳に永璘の声が甦《よみがえ》る。

ここで永璘の懐《ふところ》に飛び込み、王厨師の理不尽《りふじん》な仕打ちを訴え、配置換えを願い出ることもできる。しかしそれでは、親に泣きついて、その権威で相手を負かそうとする子どもと変わらない。そして、絶対権力を持つ者の威を借りて相手を屈服させるたびに、それを目にする清国人厨師たちの反感も高まっていく。

それは、十二のときから高級ホテルのパティシエ部門で徒弟を務めて、平民の従業員が上流階級へと募らせる不満を見聞し、また王権という箍《たが》をかなぐり捨てたパリ市民の暴挙を目にしてきたマリーには、充分に想像のできる未来だった。

立ち向かうべきは、王厨師という個人ではない。外国人の女厨師マリーに対する男性厨師たちの、ひいては清国人たちの偏見と悪意である。同じことはこれから何度でも起こるであろうし、ここで生きる以上は避けて通ることもできない、繰り返し乗り越えていかなくてはならない壁なのだ。

自分の力で解決しなければ、この先の成功はありえない。

この国で働く機会を与えてくれた永璘に、これ以上の迷惑をかけたくないだけではなかった。革命で父を亡くし、混乱の中で失業したように、いつも永璘がうしろにいて、守ってくれる未来が保証されているわけではないのだ。

マリーの胸の下、胃袋の底のあたりでふつふつと熱いものが湧き上がってくる。

「やってみます。もしもダメだったら、リンロンに退職金をもらって、泣いてフランスへ帰ります」

マリーはそう言って、にっこりと笑った。

ガレット・デ・ロワの失敗に同情したアミヨーは、その日に残ったというバターを少し分けてくれた。半斤ほどではあったが、小さなパイなら作れそうだ。

礼拝のあとは市場に寄り、買い物袋と布にくるまれたバターを大事に胸に抱えたマリーは、路上の窪みに張った氷を踏まないように、慎重に家路を急いだ。

急ぎながら、考える。

マリーには、永璘に見いだされた菓子作りの才能がある。それを王厨師に認めさせるには、どうしたらいいのだろう。やってみるとアミヨー修道士には啖呵《たんか》を切ったものの、具体的な方策は思いつかない。

「えい！　マリー。あなたは王妃さま主催のお菓子コンクールで、優秀賞を取った実力があるのよ！」

自分を叱咤《しった》したとたんに、足下の小石に蹴つまずいてしまう。アミヨーに分けてもらったバターを落としそうになって、マリーはつるつると滑りがちな石畳に転ばないよう足を踏ん張った。

じたばたとどうにか体勢を立て直したマリーは、思いがけなくかいた汗に、外套《マント》の襟を開けて風を入れた。その襟の隙間から、薄紅の守り袋がのぞいている。

二年前に亡くなった恋人が、婚約のときに贈ってくれた銀のメダリヨンをしまっておく守り袋だ。そのメダリヨンの中には、母が残した漢語の書き付けと、王室主催の菓子コンクールで王妃マリー・アントワネットから賜《たまわ》ったルビーの指輪が入っている。

「そうよ！　コンクール！」

突然閃《ひらめ》いた名案に、マリーは踊り出したいくらい気分が高揚《こうよう》してきた。

慶貝勒府《けいベイレ》に戻ったマリーは、永璘に相談しようとして、面会にいたる手続きの煩雑《はんざつ》さに気持ちが怯《ひる》んだ。通常は、主人の方から呼び出されない限りは、使用人が主人に直接会いに行くことは許されない。どうしても話す必要があるときは、執事を通すのが筋であった。もっとも、永璘と相対する用事のある使用人は、滅多《めった》にいないのだが。

使用人長屋の下女部屋では、すでに昼食が並べられていた。昼には帰ると言い残さなかったマリーの碗と箸も置かれていて、自分はここでは受け入れられていることを実感し、うれしくなる。

「おかえりなさい。寒かったでしょ」

マリーに熱い茶を淹れて差し出した小蓮の手は、早朝から洗い場で水を使い続けたために、真っ赤にひび割れている。同室の小菊たちに頼まれた買い物袋から軟膏《なんこう》を取り出したマリーは、小蓮に手渡した。

「ありがとう」

痛みをこらえていたのだろう、小蓮はすぐに蓋を取って、軟膏を手指に塗る。

昼休みは短い。みな急いで席について、食事を始めた。

十代の娘なのに、早朝から起き出して化粧をすることもなく、埃《ほこり》や水仕事のためにくたびれた顔色で食事をする同僚たちの姿に、マリーはアミヨー修道士の話を思い出す。

「ねえ、小菊たちは、このお屋敷をやめたいと思ったら、次の仕事が見つかるの？」

マリーの質問に、小菊が目を丸くしてマリーを見つめた。

「なに？　マリーはここをやめたいの？」

「王厨師が意地悪だから？」

隣の小蓮がすかさず問い返す。ちゃんと見られているのだ。

「そうじゃなくて。私は老爺《ラオイエ》しか身元を引き受けてくれるひとがいないから、どこへも行けないけどさ。小菊たちはどうなのかなと思って」

マリーの正面で、小杏がつまらなそうに箸で漬物をつつきながら答える。

「私もどこへも行けないよ。老爺が成人されて王府を開いたときに、隷民として下されたのが、うちの両親だから」

「隷民って？」

「奴僕《ボーイ》のこと。満族に仕える異民族の子孫よ」

「あなたたちは、満族じゃないの？」

「私は漢族よ。わからない？」

江南と河北の漢族では、顔立ちや体格が少し違うなと思っていたマリーだが、邸に仕える使用人たちは、まったく見分けがつかない。

「どこで見分けるの？」

「出自が明白でなければ、そうねぇ。名前や発音で判断するかな」

「小蓮も、漢族？　みんなと同じような名前だし」

マリーは横で黙々と食事を続ける小蓮に訊ねる。小蓮は目をきょろつかせて答を渋ったが、嘆息して答えた。

「小蓮は本名じゃないよ。私は満族。先祖は満洲旗人だったけど、いまは落ちぶれた両親に売られて、このお邸に来た。前にこの部屋にいた小梅《しょうばい》と、似たような境遇」

「お金で売られてきたの？　小梅も？　でも、小梅は辞められたじゃない？」

マリーの疑問に答えたのは、最年長の小菊だ。

「小梅はお勤めが長かったから、身分を購《あがな》うくらいのお金は貯まっていたんじゃないかな？　奴僕《ボーイ》の身分から這《は》い上がっても、次の勤め先がなければ、路頭に迷うだけだけどね。自分を売り飛ばした親元へ帰ったところで、手持ちのお金が尽きれば、また別の奉公先へ売られていくだけだよ」

マリーは呆然《ぼうぜん》とした。

欧州にも小作人を領主に隷属させ、土地や荘園《しょうえん》に縛《しば》りつける農奴制はあった。近世から近代にかけての西ヨーロッパでは崩壊しつつあったが、その前時代的な制度が法律によって廃止されたのは、マリーが永璘と出会う直前のことだ。とはいえ、人口の流入出の激しい都市で育ったマリーには、いまひとつピンとこない現実であった。ホテルの職場で法改正の話題が出たときも、フランスの地方どころか別の国の話かと思ったくらいだ。

北京のような世界でも有数の人口を擁《よう》する大都会で、いまだに農奴制のごとき封建制度が続いているとは。

「じゃあ、厨師は？　燕児や李兄弟も？」

小菊たちは顔を見合わせた。

「執事か本人に訊かないと、ちょっとわからないね。この貝勒《ベイレ》府は老爺《ラオイエ》が一世代目だから、使用人の出自は皇上や養母の穎《えい》貴妃さまから下された隷民だったり、ご実母の皇《こう》貴妃さまのご遺臣だったり、福晋の奥さま方がご実家から連れてきたご家来衆に、足りないところは新しく雇い入れたり、買い入れたりと、何世代も続いている世襲の鉄帽子《てつぼうし》王《おう》家と違って、わりとバラバラだから」

複雑な皇族の血縁親族の関係と、突然出てきた未知の単語に、マリーは混乱してしまう。

「へえ。じゃあ、執事や近侍の侍女たちも、奴僕かもしれないのね」

驚きの連続である。上級の使用人たちも、辞めたいときに辞めたり、自分の仕事が選べたりするわけではないのだ。

小蓮が、探るような瞳でマリーの顔をのぞき込んだ。

「瑪麗《マリー》は？　故郷では失業したから老爺についてきたって話だけど、老爺に身売りしたの？」

「違うよ！　厨師として雇われたの！」

マリーは思わず立ち上がって否定した。

だが、驚いて自分を見上げる同僚たちの反応に、果たしてそうなのかと自信がなくなってきた。渡海の船賃《ふなちん》も、北京に来るまでの衣食宿代も、すべて永璘が負担した。それらの費用はおそろしく莫大《ばくだい》な金額になるであろうし、それが貸し付けられた支度金《したくきん》であり、貝勒府《ベイレ》を退職するときは全部返済しろと言われたら、借金を返すまでは自由になれない小梅や小蓮と同じ奴僕《ボーイ》の身分である。

澳門《マカオ》で新しい旗服を買ってもらって喜んでいた自分は、あまりにも愚昧《ぐまい》で、世間を知らなさすぎた。

ぱたりと椅子に腰を落とし、マリーは同僚の顔を見回した。

「でも、どうなんだろう。私がこの家の奴僕なのかどうか、誰に訊いたらわかる？」

小菊たちは考え込み、それぞれが考えた答を言う。

「執事？」

「嫡福晋さま？」

「それはやっぱり、老爺《ラオイエ》じゃない？」

四人で悩んでいると、扉の外からマリーを呼び出す声がした。このあたりの女中や下女のものではないところから、太監のひとりと思われる。

「事をすれば——老爺か福晋さまのお呼び出しよ。きっと」

小菊が箸を持った手を頬にかざして、声をひそめて言った。

外に出ると、背中を丸めた小太りの太監が、嫡福晋の鈕祜祿氏《ニオフル》からの呼び出しを告げた。マリーは急いで髪を直し、ほつれ毛を油で撫《な》でつけ、顔と手を拭いて太監のあとについていった。

マリーは前院の東廂房《ひがしわきのや》へと案内され、小柄でほっそりとした鈕祜祿氏《ニオフル》の姿を見かけるなり膝を折って拝礼する。鈕祜祿氏はかけていた椅子から立ち上がり、マリーに手を差し伸べて立ち上がるように命じた。

「ここのところ、しばらく顔を見ていませんでしたね」

マリーの手をとって、茶菓の置かれた卓へと導き、太監に椅子を勧めさせた。

「えっ、っと。座ってもいいんですか」

椅子を勧められたのは初対面のとき以来だ。その後、何度か点心を運ぶ役を命じられ、そのまま話し相手をさせられたことはあるが、着席するように言われたことはない。

裾の長い上質の旗服をまとい、髪も美しく結って造花や簪を飾り、福晋の相手をする侍女たちでさえ、主人の前で座るところをマリーは見たことがなかった。

それは欧州でも同じことで、召使いが貴族や聖職者を前に、対等な席に座って話をすることはない。

「永璘さまは、瑪麗《マリー》が御前に上がるときは、着席することをお許しになっているのでしょう？　今日は瑪麗とお茶を飲みながら、ゆっくりとお話をしたいと思います。それには座った方が、あなたの顔がよく見えるでしょう」

「お茶、ですか」

マリーは卓の上へと視線を移した。茶菓子の入った鉢、厨房で使っているものよりひとまわり大きな、蓋のついた陶器の茶碗。少し離れた小卓には卓上用の焜炉《コンロ》に載せられて、鉄瓶がシュンシュンと湯気を立てている。

言われるままに腰かけ、お茶を淹れ始めた鈕祜祿《ニオフル》氏の手つきを眺める。茶葉を入れる前に、茶碗にお湯を注いで温めるのは紅茶と同じだ。厨房では茶壺に茶葉を入れて湯を注ぐが、鈕祜祿氏はけっこうな量の茶葉を直接、茶壺ではなく茶碗に入れた。

マリーは目を丸くする。

鈕祜祿《ニオフル》氏は、鉄瓶から熱湯を茶海《ちゃかい》に移すように侍女に命じた。侍女は湯を入れた茶海を鈕祜祿氏の前に置く。鈕祜祿氏は置かれた茶海の湯を少し冷ましてから、茶碗に注いで蓋をした。

「厨房はひとが増えましたね。不便なことは、ありませんか」

鈕祜祿《ニオフル》氏は茶を蒸らしている間に、穏やかに話しかける。茶碗の蓋に染め付けられた花の柄を眺めていたマリーは、鈕祜祿氏の質問にどきっとした。

「特に――」

ない、と答えようとして、言葉が詰まった。無理に話そうとすると声が震えそうで、言葉を呑み込む。鈕祜祿《ニオフル》氏は蓋付きの茶碗をマリーの前に置いた。

アミヨー修道士に吐き出してきた鬱屈が、また込み上げてきそうなマリーだったが、蓋付きの茶碗を見つめているうちに、これではいつまでも茶が冷めない、出された茶が熱すぎたらどうしようと、どうでもよい焦りが浮かんだ。それに、先ほど入れた茶葉の量を考えると、茶碗の中でかなり膨れ上がっているはずだが、どうやって飲むのだろう、と考え込む。

うつむいて黙り込むマリーに答を急かさず、鈕祜祿《ニオフル》氏は自分の茶碗を持ち上げて蓋をずらし、茶の馥郁《ふくいく》とした香りを楽しんでいる。

マリーはああいう作法なのかなと思い、見よう見まねで鈕祜祿《ニオフル》氏と同じように茶の匂いを吸い込んでみる。

紅茶とはまた違う、ふわりと甘い果物のような白茶の香りに肩の力が抜け、マリーの胸を騒がしていた鬱屈が霧消《むしょう》した。マリーは落ち着いた気持ちで、この日の朝から降り積もってきた疑問を、遠慮がちに口にした。

「あの、奥さまは以前、『男女が同じ建物内で働くなど、あってはいけないこと』おっしゃっていましたけど、私が厨房で男の厨師にまざって働くのは、こちらのお邸の評判にかかわりませんか」

鈕祜祿《ニオフル》氏はきれいな弧を描く眉とまぶたを上げて、マリーの顔を見返す。そして、ふわりと微笑んだ。

「ええ、世間体はよろしくないです。でも、永璘さまがお決めになったことですから」

鈕祜祿《ニオフル》氏は、それが彼女の価値観のすべてだとでも言うように、穏やかに微笑む。

「私、清国がそんなに男女や身分の区別に厳しいと知っていたら、老爺《ラオイエ》に仕事を紹介されたときにお断りできて、こちらのお邸に迷惑をかけずにすんだのに、と思うと申し訳なくて」

「来てしまったのはどうしようもありません。いまから法国《フランス》へ帰れと言われても、困るのは瑪麗《マリー》でしょう？　それに、私は貝勒《ベイレ》と同じように、あなたの作るお菓子が好きですよ。法国には、あなたのような女性の厨師がたくさんいるのですか？　男性と同じように、職人として働いているのですか」

マリーは顔を上げて答える。

「たくさんは、いません。男性厨師が圧倒的に多いです。でも、女性の料理人や、菓子職人が少しずつ増えているって、父は言ってました」

「欧州には、女王が治める国も少なくないそうですね。貝勒は最初に訪れた葡萄牙《ポルトガル》の王が女性だったので、とても驚かれたそうです」

「ドナ・マリアですね。ポルトガル王国では、男子の王位継承者がいないときは、王女にも継承権があるそうです。隣国のスペインでも、国王と女王の共同統治というのもあったそうです」
一七、八世紀の欧州諸国で、もっとも栄えた貿易王国。上流階級をもてなすホテルで働いていたマリーが知るポルトガル女王は、繁栄の象徴であった。

——フランス王妃のお母上も、神聖ローマ帝国の女帝でした。オーストリアのハプスブルク家は男性しか相続できなかったんですが、マリア・テレジア女大公は、お父上の皇帝が崩御《ほうぎょ》されたあと、プロイセン王やバイエルン選帝侯を敵に回して継承戦争を戦い抜き、オーストリア女大公、ハンガリー王国女王、ボヘミア王国女王と三つの王冠を手にして、ついに神聖ローマ帝国の女帝として認知されたのです！」

マリーは両手を握りしめて、稀代の女帝マリア・テレジアの偉業を熱く語った。高級ホテルや王宮で働く少女の常として、各国の王族についてのゴシップには困らなかったし、何よりマリーがフランス王妃への過大な憧れを抱いていたこともあり、その実家と生母に対する興味と情報収集は、崇拝《すうはい》の域に達していた。

「その女王たちは、結婚はしていたのかしら。夫は自分が国王になりたいと、思わなかったのですか」

「ポルトガルはたしか、ドナ・マリアに王位継承権があったので、ご夫君は王配というお立場で、国政は女王に託《たく》されていました。マリア・テレジア女王のご夫君はトスカーナの大公でいらしたんですが、ご自分よりも政治や外交の才能は女王のほうが優れていることを誇りにされて、皇帝選挙によって神聖ローマ帝国の帝位につかれたのち、共同統治者として、帝国の実権をマリア・テレジア女王にお預けになったのです」

鈕祜祿《ニオフル》氏は欧州の地理や、諸王家の情勢関係に、まったく予備知識を持たない。聞き慣れない外国語交じりの話に、ただ目をパチパチとさせて、マリーの立て板に水の欧州事情に耳を傾ける。

「なんだか、どういう仕組みで王侯や皇帝が決まったり、継承されたりするのか、さっぱりわからないのだけど。皇帝を選挙で選ぶというのは、科挙《かきょ》とは違うのですか？」

「科挙って、なんですか」

会話がかみ合わない。

鈕祜祿《ニオフル》氏は茶碗の蓋をずらし、茶葉を吸い込まないようにずずっとお茶を口に含み、その甘く爽《さわ》やかな味に微笑む。

「女性が政治にも戦争にも活躍して、ついには王として認められる欧州なら、女の厨師や糕點《ガオディアンシー》師が男性と同じ職場で働くことも、認められやすいのでしょうね。清国では、考えられないことですけども」

頭上の大拉翅《だいろうし》から下がる飾りの紐《ひも》をゆらゆらと揺らして、鈕祜祿《ニオフル》氏はかぶりを振った。

「奥さまは、そういうのは、けしからんと思われないのですか」

王厨師や新参厨師たちの、マリーをひとととも思わぬ態度を思い出しつつ、鈕祜祿《ニオフル》氏に訊ねてみる。

「瑪麗《マリー》と出会う前でしたら、そう思ったかもしれません。でもいまは、瑪麗が当家の厨房で甜心を作ってくれることは、うれしいと思いますよ」

そのひとことで、マリーは一生この鈕祜祿《ニオフル》氏の奴僕《ボーイ》になってもいいと思った。そして、南堂からの帰り道に思いついたことを、相談する決心がつく。

「お料理の競技会？」

「点心に限らないんですが、新しい厨師や古参の徒弟に、得意料理を作ってもらって、老《ラオ》爺《イエ》や福晋さまたちに味をみていただくのです。それで点数をつけて、得点数の高かった順にお褒めいただいて、できたらご褒美《ほうび》なども」

「競技というより、品評会ですね。瑪麗が一番になるのですか」

鈕祜祿《ニオフル》氏はわくわくした顔で訊ねる。

「それは、わかりません。出品者は、自分の作った料理がどれか審判にはわからないように、名前を伏せておくのです。公平に審査してもらえるように」

「それは、ますます科挙みたいですね。瑪麗は合格する自信があるのですか」

優勝ではなく、合格という言葉を鈕祜祿《ニオフル》氏が使ったことに、マリーは穏やかなうれしさを感じる。そう、マリーを蔑む王厨師や男厨師を負かしたいのではないのだ。

厨師（見習い）であると、認めて欲しい。

何も知らずにマリーの甜心を食べた人々が、他の厨師の料理に勝るとも劣《おと》らない点数を入れてくれたら、才能も実力もある厨師の卵として、認められるのではないだろうか。

本音を言えば、できれば、王厨師には勝ちたいけども。

「わかりました。永璘さまに相談しますね。新人厨師の腕前を知ることができますし、貝《ベイ》勒《レ》府の献立《こんだて》の見直しもできて、一石二鳥です。あ、瑪麗の甜心を認めさせることもできれば、一石三鳥。年内に催《もよお》して、特別に良かった料理は新年の献立目録に載せることにしましょう。楽しみですね」

思いがけなく、鈕祜祿《ニオフル》氏が乗り気になってくれた。太監に墨と紙を用意させて品評会の草稿を練り始める。マリーはもうひとつの願いを追加した。

「西園にある杏花庵《きょうかあん》の台所を使わせて欲しいのですけど」

鈕祜祿《ニオフル》氏は不思議そうな顔を見せたが、すぐに得心したように許可を出した。

「厨房では、やりにくいでしょうからね。ええ、使ってもいいですよ。太監をやって、薪や水も準備させておきます」

厨房の環境が変わってからマリーが難儀していることを、鈕祜祿《ニオフル》氏はお見通しだったようだ。マリーよりも清国の慣習を知っている鈕祜祿氏が、厨房から一番近い前院の東廂房《わきのや》にいて、新人の厨師が女性厨師をどう扱うかと気を配っていれば、すべては筒抜けであったのかもしれない。

表立っては口を出さないけども、永璘や鈕祜祿《ニオフル》氏はマリーを見守っていてくれた。そのことが、マリーにここで踏ん張るのだという力をくれる。

残りの休日を無駄にせず、マリーは材料の買い出しに走った。マリーが何を作るか、王厨師たちに知られたくない。コンクールの当日でさえ、どの甜心がマリーの作であるか、わからないようにしたいのだ。

永璘のくだす判定が、依怙《えこ》贔屓《ひいき》だと思われないように。

マリー自身、自分の甜心がどこまで清国で通用するものか、懸《か》けてみたかった。

　十日後の大寒の日に、料理の品評会を催すという公示に、厨房はざわめいた。

　まず一等への賞金が銀二両と破格であったし、順位に関係なく、一点でも点数の入った者や、審査員が個別に気に入った料理にも褒美が出るというのだ。

　参加しない理由がない。

「局長以上は参加できんのか」

　公示を見た高厨師が、がっかりとこうべを垂《た》れた。育ち盛りの子どもが三人もいる高厨師としては、是非とも賞金が欲しいところだ。

　とはいえ、新参の厨師や徒弟より低い点を取ってしまったら面目《めんぼく》が潰れてしまう。古参の厨師の出品を制限したのは、主催者側の配慮といえるだろう。

「見習いも出していいそうだぞ。俺たち何を作ろうか」

　李兄弟はさっそく得意の点心について話し合う。

「瑪麗《マリー》はなんか出すのか」

　燕児に訊かれたマリーは、「当然でしょ。燕児は？」と胸を張る。燕児は鼻を掻きながら、うーんと考え込んだ。

「老爺《ラオイエ》もお召し上がりになるんだろ？　ありきたりのものじゃ、上席の厨師よりうまいもんは、作れないなぁ」

「ありきたりの点心じゃないものを作ればいいいんじゃない？」

燕児は遠慮がちに、なんどか口を開いては閉じ、言葉を選んで考えを打ち明ける。

「少し前から考えている甜心があるんだけど、もしも、その、瑪麗《マリー》が雞蛋奶油《ジーダンナイヨウ》を使うんだったら、それは作れない」

「カスタードクリーム？　そっちは考えてなかったな。燕児がカスタードクリームを使う菓子を考案したのなら、私も食べてみたい。出したらいいんじゃない？」

マリーは声をひそめて耳打ちする。

「カスタードクリームは老爺《ラオイエ》の好物だから、いい点をもらえるかも」

燕児の表情が明るくなり、眉の端を下げて「いいのか、いいのかな」と大変乗り気になって両手で頰を叩いた。

新入りの中堅厨師は、自分の味があるじたちの目に留まる機会に奮い立ち、鍋子《グオツ》をふるう勢いも勇《いさ》ましく、王厨師はいまから優勝したような顔で、日々の点心に気合いを入れる。

「だけど、審査員の人数が七人て多くないかな。老爺と三人の奥さま方に、執事長も加わるのかしら」

話を伝え聞いた小杏が首をひねる。

「近侍や侍女さんの偉いひとたちも審査するのかもね」

小菊が相槌を打つ。

マリーは厨房の通常の仕事のあと、燕児や李兄弟と試作品を試したりしながら、時間外こま西園の杏花庵で秘密の甜心を練習した。薪などを運んでくる太監は、以前この小屋で永璘と鉢合わせしたときに控えていた黄丹だ。年齢不詳の小柄な宦官《かんがん》は、はじめは無口であったが、試作の甜心を味見しているうちに、だんだんと心を開いてきた。

茶を淹れるのも上手《うま》い。一日の間、仕事の合間を縫《ぬ》って菓子作りにかけられる時間は少なく、溜まった疲れを黄丹の茶がほぐしてくれる。小さな茶壺で蒸らした茶を、酒杯なみに小さな茶杯《ちゃはい》という茶碗に注ぐ、鈕祜祿《ニオフル》氏とは違う作法であったが、これも香りや蒸らし加減が微妙で、繊細《せんさい》な緑茶や白茶の味と香りを壊さない。

「そのお湯の温度や蒸らす時間って、どうやって知るの？」

沸かしたての湯を注ぎ、砂時計で時間をきっちり計って出す紅茶と違い、すべてを勘でやっているかのような中華の茶事はマリーには難しい。茶壺まで熱湯をかけて温度を保とうとするやり方は、火傷しそうで怖かった。

「何度もやっているうちに、これが一番だという感覚ができあがるんです」

「黄丹さんが茶師になればいいのにね」

黄丹は、首を横に振った。

「茶師になるには、すべての茶の種類に精通し、収穫された季節と産地を見分け、発酵《はっこう》具合に適した湯温を知らなくてはなりません。また茶葉から最上の風味を引き出せる焙煎《ばいせん》法も、習得します。ただ、そこにある茶を上手に淹れられるだけでは、茶師にはなれません」

お茶の文化もだが、この太監というのも清国独特の存在だ。永璘の外遊にもふたりついてきたが、マリーとは仲良くなる機会はなかった。というのは、どういうわけかマリーはかれらに嫌われていたからだ。マリーにとっても、王家が後宮を必要としないヨーロッパでは、妃や皇族に仕える宦官の存在は、すでに過去やお伽噺《とぎばなし》の中の存在でしかない。

マリーの知る限り、去勢された男といえば宦官ではなく歌手のカストラートであった。多くはイタリアの出身で、変声期前に半去勢されて歌手となる訓練を受ける。

ヨーロッパでもてはやされた雲の上の有名人だ。

だからたぶん、「かれらはどんな歌を歌うのか」と無知から生まれる、悪意のない無邪《むじゃ》気《き》だが残酷《ざんこく》な質問を永璘にしてしまったことが、初めて会った太監たちに嫌われた原因だろうとは思っている。

清の時代において、太監と称された宦官という存在については、そのとき簡単に永璘に説明された。

「後宮で雇える太監の数は限られているので、自宮《じきゅう》は禁じられている。だが、貧困から逃れ、後宮に勤めるために自ら去勢して太監になる者があとを絶《た》たない。初代の皇帝は太監を減らすことに苦心されたそうだ。とはいえ後宮では必要な存在であるために、まったく廃止するわけにもいかず、紫禁城で抱えきれない太監は皇族が引き受けるわけだが」

そこにいないかのように常にうつむいて隅に控《ひか》え、自ら口を利くことはほとんどなく、歩くときは小股ですり足、必要以上に卑屈な態度や仕草が、マリーはどうにも馴染めない。

そのため、貝勒《ベイレ》府に来てからも太監とはかかわりを持つことはなかったが、黄丹は話してあるといたって普通の人間であった。見かけよりは若いらしい。

「同じ甜心ばかり食べてもらって、ごめんなさいね」

マリーは、味見係までさせていることを本心から詫びた。

「いえいえ、本来なら老爺《ラオイエ》がお召し上がりになるものを、奴才《やつがれ》ごときが味わうことができるのは、身に余る喜びです。おいしいですし」

自らを奴隷と呼称しつつ、にこにことうれしそうに言う。試作品は李兄弟にも秘密である以上、同僚の小菊たちに分けることもできず、マリーひとりでは食べきれない。失敗したわけでもないのに捨ててしまうのももったいないところに、黄丹が喜んで食べてくれるのは、とてもありがたいことだった。

「老爺には秘密にしておいてね。びっくりしてもらいたいから」

「わかっています。作る度に味も舌触りもよくなってきてます。これなら優勝間違いなしです」

黄丹は太鼓判を押してくれる。永璘が後宮にいたときから仕えていたという黄丹がおいしいと感じるのなら、この菓子を選んだのは正解だったと、マリーは胸を撫で下ろす。

「もしご褒美をいただいたら、山分けしましょうね」

マリーが申し出れば、黄丹はとんでもないと辞退した。

「だって、この杏花庵の秘密を守ってくれて、手伝ってくれているんですから、お礼はちゃんとさせてくださいよ」

黄丹は両手を上下に振ったり、顔を赤くしたり白くしたりして、「とんでもない、もったいない、仕事ですから」とつぶやきながらも、ずいぶんと楽しそうであった。

さて競技会改め品評会の当日。誰が何を作ったかは、紙に書かれ封をされて執事に預けられている。時間が来ても始まらないことから、温かい料理を出す厨師は苛々《いらいら》を隠せない。

「審査員がまだ到着してないんだってよ」

「って、老爺《ラオイエ》と福晋方じゃないのか」

「それが、審査員を老爺が垂花門《すいかもん》までお迎えに出ているんだ。それも上等の長袍《チャンパオ》をお召しになって」

「それって、老爺より偉いひとが、審査するためにおいでになるってことか」

厨房に戸惑いの空気が流れる。永璘が門まで迎えに出る位の高い人間といえば、皇族と皇帝しかいない。燕児などは蒼白になって震えだした。

正門である広亮大門《こうりょうだいもん》から垂花門を見ることができる家塾院《かじゅくいん》の小庭へと、厨師たちは殺到する。いくらも時間が経たないうちに、太監の細く高い声が「成親王《せいしんのう》殿下、儀郡王《ぎぐんおう》殿下、嘉親王《かしんのう》殿下のお成り」と告《つ》げる声が響き渡った。

燕児は卒倒しそうなほど白い顔になっていたが、マリーも激しく打つ動悸《どうき》に目眩《めまい》がしそうであった。発案者にも知らせず、いつの間にそんな大仰《おおぎょう》な催し物になっていたのか。お祭り好きで派手《はで》好きな永璘が、宮中で兄弟に話したのだろう。末弟の王府における御厨房の拡張計画を耳にしていた兄皇子たちが、あれこれ助言やらお節介《せっかい》を焼きに集まれる、絶好の口実にされたのではないか。

　マリーの背中に大寒の冷気とは関係なくだらだらと冷や汗が流れたが、どうしようもない。点心はすでに提出され、祭は始まってしまったのだ。

　温かい料理を出す厨師や徒弟は、大急ぎで仕上げをして盛り付け、料理は粛々《しゅくしゅく》と審査会場である嫡福晋の東廂房《わきのや》に運ばれた。

「八阿哥《あか》、十一阿哥、十五阿哥、奥の正房《おもや》でなく手狭な前院の廂房に席を設けたことは、申し訳ありません。前院の膳房から正房まで運ばせていたら、温かい料理は冷めてしまいますので」

　永璘は得点記入表を配りながら、詫びを述べた。

「それはその方が気が利いている」

　四人の兄弟のなかで、もっともふっくらと恰幅のいい永璘と同腹の兄、皇十五子の永琰《えいえん》が炕に腰を下ろしつつ鷹揚《おうよう》に応えた。

「美味《うま》い酒は、用意してあるのだろうな」

　酒好きの皇八子で、弟の永璘とは親子ほど年の差のある永璇《えいせん》が、人の好《よ》い顔をすでに赤くし、不自由な足を引きずりながら席に着いた。

「ずいぶんと費用をかけたものだな」

　宴席のごとく美味美食を盛った皿が持ち込まれるさまに、吝嗇《けち》で有名な皇十一子の永瑆《えいせい》が、尖《とが》ったあごを上げて鼻を鳴らし、馬鹿にした口調で言った。

「材料費などは厨師の持ち出しですから、私の懐は痛んでおりません。もっとも、我らの舌を唸《うな》らせる料理を出した者には、それなりの褒美を授けることになっております。料理にかかった費用など、問題にならないほどの褒美を用意しておりますよ」

永璘にとっては問題にならない食材費かもしれないが、褒美を見込んで高級素材を自腹で用意した何人かの厨師の懐は、いまや大変な危機を迎えている。

他の廂房《わきのや》からも持ち込まれた大卓、小卓に、三十種類に及ぶ料理が並べられた。

「ひとり十五の持ち点があります。気に入った料理についた番号の欄に、任意の点を入れてください」

四人の皇子は、付き添いの太監に採点表と筆を持たせ、料理の見た目について言及し、香りを楽しみ味に蘊蓄《うんちく》を傾ける。皇子らに続いて、永璘の三人の妃も変わった趣向の催しと料理を楽しんだ。

室内に入ることを許されない厨師や見習いは、防寒の綿入れや毛皮を裏打ちした外套《マント》に着膨れて檐廊《えんろう》から回廊へと並び、判定を待っている。マリーも点心局の面々と並んで、時が過ぎるのを待った。

「カスタードの揚げパイって、燕児が作ったやつ？」

「わかるか」

「わかるよ」

マリーと燕児は小声で囁き合った。

「瑪麗《マリー》は何も出さなかったのか」

「出したよ」

「でも、洋風の甜心みたいなの、なかったぞ」

「フランスの菓子を出したら、私が作ったことがバレバレじゃないよ」

「あの玉子餡の揚げ麵麭《ぱん》、瑪麗のじゃなかったのか」

李三が驚いて口を挟む。

「みんなそう思うかな」

燕児は顔をしかめて頭を抱える。

「ってことは、瑪麗は中華の甜心を出したのか。何を出したんだよ」

マリーがこれまで学んだ純中華甜心といえば、饅頭《まんじゆう》や花捲《ホアジユアン》などの蒸し麵麭《ぱん》くらいだ。点心局では、甘い甜心以外の料理を作ることが多い。あえて中華の伝統的な甜心で品評会に殴《なぐ》り込もうとは、ずいぶんな自信である。燕児と李兄弟は目を丸くした。

「ふん、異国人の女に大清帝国の皇子たちのお口に合うような甜心など、作れるわけがないだろうが」

四人のひそひそ声を耳にした王厨師が吐き捨てた。マリーは聞こえないふりをする。

やがて皇子と福晋たちの試食が終わり、点が入れられ、執事と鄭書童が集計を始めたという。前院の東廂房は、そのまま宴会に突入したらしい。

「余ったの、下げ渡されないのかな」

回廊の寒さにふるえつつ、李三が口を拭きながらつぶやく。

「局長たちは、試食させてもらったみたいだけどな。さっき厠《かわや》に行った帰りに厨房に寄ったら、誰が何を作ったのか、局長たちが予測を立ててた」

燕児が教えてくれた。

そうこうしているうちに結果が出たらしく、評価の高かった者がひとりずつ呼び出されて褒美をもらって帰ってきた。

点心局の面々は、なかなか呼び出されない。

「一番いいのは最後に呼び出されるから、最後まで望みは捨てるな」

李二が足踏みしながら李三を励《はげ》ます。ふたりは連名で得意の水餃子を出したという。

「あまり奇をてらってもな、と思ってさ。珍しいものを食べたあとは、いつも作っているのが、むしろ美味く感じるじゃないか」

と李二は鼻をこすりながら言った。

「そうね」とマリーは微笑む。

十二番目くらいに燕児が呼ばれた。

「おおおお」と李兄弟の称讃を浴びつつ、燕児はおどおどと東廂房《わきのや》に上がり、誇らしげに褒美を受け取って出てきた。

「老爺《ラオイエ》と阿哥《アーグ》さまには、驚いた顔をされてしまった。瑪麗《マリー》の作った甜心だと思われたのかな。そうだったら、なんかずるしたみたいですっきりしないけど」

表情とは裏腹なことをつぶやく。

「他の皇子さまやお妃たちの点も入ってのご褒美だもの、ずるなんかじゃないよ」

マリーは自分の名が呼ばれないので、少し気落ちしつつも燕児の入賞を喜んだ。

永璘は、マリーの甜心に気づかなかったのだろうか。マリーの中華甜心は、皇子たちや妃たちの舌に合わなかったのだろうか。

それから二、三人あとに、王厨師が呼び出された。永璘がどれだけの賞を用意したのかはマリーは知らないが、かなり上位に選ばれたようだ。王厨師はマリーを見下すように、にやりと笑って東廂房へ上がり、上等の絹の反物《たんもの》を授かって出てきた。

「五等をいただいた」

「何を出したんですか」

満足げに破顔する王厨師に、燕児が訊ねた。

「椰蓉白天鵞《イエロンバイティエンオ》だ」

「って何？」

マリーは小声で李二にささやいた。

「皮の透き通った、白鳥の形をした饅頭があったろ。あれだよ」

刻んだココナッツに、砂糖と卵、小麦粉を混ぜ込んだ餡を、澄麵皮《ドンミエンピ》に包んで蒸し上げた光沢《こうたく》のある半透明の宮廷点心だ。王厨師は後宮で育った皇子たちに、宮廷料理の味を再現した腕を認められたことになる。

「すげえ！」李二が興奮して叫ぶ。

そして、三等で「趙瑪麗《ちょうマリー》」との呼び出しがかかった。

まさに肩を落としたときに自分の名を呼ばれて、マリーは跳び上がって驚く。

「いまの、私の名前？」

思わず見上げた王厨師の、苦虫をかみつぶしたような顔が、聞き間違いではないことを物語っている。

大理石の階段を飛ぶようにして檐廊《えんろう》に上がり、近侍に付き添われて廂房《わきのや》に足を踏み入れたマリーは、勢揃いした皇子たちと三人の妃の華やかさと厳《おごそ》かさに圧倒された。

ぎこちなく膝を折り、拝礼して永璘の言葉を待つ。

「立ちなさい。三等だ」

太監が銀一両に、玉の簪を載せた漆盆《うるしぼん》を捧げつつ進み出て、マリーに授けた。

「これが、欧州から連れ帰ったという女糕點《ガオディアンシー》師か。清国に来たばかりで、まさか中華の宮廷点心まで作るとは、先が楽しみだな」

皇十五子永琰が、ふっくらとした頬を震わせて笑った。その笑顔を、嫡福晋の鈕祜祿《ニオフル》氏に向ける。

「慶貝勒《けいベイレ》府から届く春節の甜心を楽しみにしているぞ」

鈕祜祿《ニオフル》氏は椅子から立ち上がって、優雅に膝を折った。

「お褒めのお言葉、当家の厨師に代わってお礼を申し上げます。嘉親王のご期待に添いますよう、精進《しょうじん》させます」

こういうときの口上など知らないマリーのために、この場を保ってくれた鈕祜祿《ニオフル》氏に感謝して、マリーもその作法に倣《なら》った。

厨房に戻ると、李兄弟が蠅《はえ》のようにうるさく「何をもらったんだ」「何をお出ししたんだよ」と訊ねてくる。マリーは点心局の人数分用意しておいた甜心を、貯蔵庫から持ってきた。箱に被せた蓋をとり、中を見せる。

箱をのぞき込んだ李兄弟は、目を丸くして叫んだ。

「豌豆黄《えんどうこう》？」

「芸豆巻《うんとうまき》？」

箱の中に並べられたひと口大の小さな菓子に、高厨師はただ驚いて声も出せず、王厨師は信じがたいとばかりに、目を限界まで見開いている。

マリーだって、まさか三等がもらえるとは思っていなかった。

このふたつの菓子を出せば、永璘はきっとマリーの作だとわかってくれるはずだ。そして必ずこの菓子に良い点を入れるだろうと、賭けに出た。永璘の点さえ入れば、とりあえず入賞は間違いがない。三等まで点が集まったということは、皇子や妃たちも、この豆菓子を気に入って、点を入れてくれたことになる。

とてもうれしい。

「お茶にしましょう」

マリーは明るく言った。いそいそとお茶の道具を出し、黄丹に教わった通りに茶壺を温め、茶海に注いだ熱湯を適温まで冷まし、みなのためにお茶を淹れる。厨房で使用人が飲むのは価格の安い緑茶だから、熱湯を注ぐと風味を損なってしまうのだと、マリーは黄丹から学んだ。

茶をひと口含んだ高厨師は、唸り声を上げた。

「いつのまに、茶の淹れ方まで覚えたんだ」

「李三のやり方を、ちゃんと見て学ばせてもらいました」

嘘ではない。鈕祜禄《ニオフル》氏の部屋で茶をいただいてから、いろんなところで茶を淹れるひとのやり方に注意を払っていたのだから。

「おお、すっげ滑らかだ、この豌豆黄《えんどうこう》。甘みもほんのりとして、豆のえぐみもない」

マリーの作った豆菓子を試食した李二が感心して叫んだ。燕児はもうひとつのハート形の菓子に手を伸ばし、ためつすがめつしてから口に入れた。

「蕓豆巻《うんとうまき》も、白と臙脂《えんじ》のきれいな如意《によい》の形に巻けたな。これも滑らかに舌の上で溶けていく。どこで覚えたんだよ」

豌豆黄はエンドウ豆を、蕓豆巻は白インゲン豆と小豆、そして砂糖を使った練り菓子だ。それぞれの豆を柔らかくなるまで煮て、エンドウ豆は裏ごしをしてから火にかけ、じっくりと煉って型に流し込む。インゲン豆はさらに半刻は蒸して水気を切って裏ごしし、充分に練り上げる。インゲン豆の練り餡を濡らしたふきんの上に平たく伸ばし、その上に裏ごしと晒しを繰り返して、滑らかに練り上げた小豆のこし餡を置いて如意の形に巻き込み、小口に切ったとても手間ひまのかかる菓子だ。

どちらも、豆の自然な香りと、きめこまかな舌触り、そして品のよいほのかな甘みが喜ばれる、伝統的な宮廷点心である。王厨師の作った椰蓉白天《イエロンバイティエンオ》鵞ほどの華やかさはないが、味付けが単純なだけに食感が命で、熟練の技を要する。

「いつ、誰に教えてもらった？」

高厨師は、すでにその答を知っているという顔で、マリーに訊ねる。

「ブレスト港から澳門《マカオ》港までの船の上で、老爺《ラオイエ》に教えてもらいました。正確には、老爺は豆を潰して作るということしかご存じなかったので、いろいろ試行錯誤して、何ヶ月もかけて、合格点が出るまで何度も作らされたというか」

「ということは、この厨房に来る前に、親王たちも認める慶貝勒《けいべイレ》府のお墨付き点心を、すでに習得していたわけだ。見習いから助手に格上げしてもいいところだな」

高厨師はかぶりを振りながら言った。王厨師は言葉もなく額から側頭まで筋を立て、燕児はただ目を白黒させ、李兄弟は複雑な顔で上司たちの顔を見比べている。

「いいえ、私がひとりで作れる中華点心はこれだけです。清国の点心については、李二や李三にも追いついてません。この国で一人前の厨師になるための修業は、まだ始まったばかりですから」

高厨師は「そうかそうか」と機嫌よくうなずいた。

「上位を点心局の三人が占めるとは、よくやった、よくやった」と相好《そうごう》を崩す。

マリーは豆の練り菓子を三人分ずつとりわけ、下女部屋の同僚たちにも持って帰った。

「いいの？」

「もちろん。いつも仲良くしてもらってるし」

この邸すべての使用人が、マリーに優しくしてくれるわけではない。永璘のお気に入りであるからといって、おべっかを使ってくる者もいれば、逆に嫉妬《しっと》を剥き出しにする者もいる。新しい使用人が増えて、マリーのような出自の曖昧《あいまい》な、外見からして異質な存在を、忌《い》み嫌う者もいる。

しかし小菊たちは、マリーをなんの珍しさも違いもない、同じ年頃の同僚として扱ってくれるのだ。あたりまえの人間として接してもらえることが、なによりもうれしい。

「ねえねえ、ご褒美見せて」

マリーは簪の入った箱を卓に置いて、蓋を開けた。小菊らはうっとりと、滴《しずく》の形をした透明感のある白玉を眺める。

「老爺《ラオイエ》がくださったの？」

小蓮が夢見る瞳で訊ねた。

「選んだのは、嫡福晋さまだと思うよ」

霊れたような艶と水の流れを思わせる薄いもようを台無しにしない、余計な彫《ほ》り込みのない王の、清潔で無垢な感じが鈕祜祿氏の好みのように思われた。

「男ばかりの厨師なのに、簪を用意しておいたってことは、老爺は瑪麗《マリー》が勝つことを予測していたんだね」

「妻女のいる厨師もいるから、どうかな」

マリーはどこまでも少女たちの夢に取り合わない。

「でも、きれいだね。私、簪持ってないから、お正月に使えるかな」

「瑪麗、簪を持ってないの？」

「ひとつも？」

「ほんとうに？」

小菊たちは同時に驚きの声を上げた。一日中、来る日も来る日も掃除と洗い物に人生を費《つい》やす彼女たちでさえ、正月の晴れ着と髪飾りは持っているのだという。

その夜は、女中頭が消灯だと叱りつけにくるまで、四人で晴れ着や装身具を見せ合い、マリーに春節の着飾り方を伝授した。

さてそれから王厨師の態度が改まったかというとそうでもなく、相変わらず忌々《いまいま》しげに接してくるが、仕事の面では理不尽《りふじん》な扱いを受けたり、不当な雑言《ぞうごん》を浴びることはなくなった。なにより、四人の皇子と邸の妃たちによって選ばれた三等までの料理は、慶貝勒《けいベイレ》府のお墨付きとなったので、そこに名を挙げられたマリーに対して無礼な態度をとる使用人はいなくなった。

　雪の晴れ間、西園の杏花庵を訪れたマリーに、黄丹は厚い封筒を差し出した。

「銀は黄丹さんに差し上げたのよ。簪と銀では山分けできないから、ひとつずつ取るしかないじゃない？」

　黄丹は片手を振って微笑み、両替した銀票の入った封筒をマリーの手に押し込んだ。

「銀半両でも、奴才《やつがれ》には過ぎた報酬《ほうしゅう》です。というより、この仕事が内密なので、お邸の連中には誰にもらったと言えませんし。半分だけでも、家に仕送りができて助かりました。両親はいつもよりいい正月を迎えられます。ありがとうございます」

　現金に換えられない簪よりは、手に入りにくい菓子の材料を買える銀票のほうが、マリーにとってもありがたいのは確かだ。マリーは礼を言って受け取った。

「老爺《ラオイエ》の妹公主のお誕生日に、西洋のお菓子を作るように命じられているの」

「趙小姐《シャオジエ》に奴才のお手伝いが必要なときは、いつでも申しつけてください」

　黄丹は屈託のない笑みで請け合《う》った。

　後宮から王府へ近侍として永璘に従ってきたという黄丹は、常に邸にいる。王府を不在にすることの多い鄭凜華よりも、永璘に伝言を託しやすい。

　マリーは杏花庵から一歩外に出て、冬の空を見上げた。

「もうすぐ新年なのに、降誕祭からずいぶんと経つせいか、いまひとつ実感がわかないなあー両手を広げて、千切れて行く雪雲を指先で追いながら、マリーは冷たい空気をゆっくりと胸に吸い込んだ。

第二話

アーモンド騒動

西暦一九七一年一月　乾隆五十五年十二月～五十六年一月
北京内城　永璘邸宅

菓子職人見習いのマリーと、永璘の秘密

「それは、うまく解決したものだね」

王様のガレットを味わいながら、アミヨー修道士が微笑んだ。

数日前に、慶貝勒《けいベイレ》府にて催された料理の品評会の結果を、目を細めてマリーから聞く姿は、孫を見守る祖父のようだ。

石造りの西洋建築の居間では、壁に造りつけられた開放型煖炉《だんろ》に、積み重ねられた薪の上で炎が踊っている。

砂時計の砂が落ちたのを見て、マリーは紅茶のポットを持ち上げ、ルビー色の鮮やかな香り高い紅茶を、取っ手のついた口の広いカップに注ぐ。

マリーは、品評会で三等をとったこと、それは洋菓子ではなく、清国宮廷の伝統的点心である豆のお菓子であったこと、それ以来、表立ってマリーを蔑む厨師や使用人は減ったこと、などを興奮気味に報告していた。

西暦一七九一年の年が明けた一月三十日、そして同時に、乾隆《けんりゅう》五十五年の年の暮れ、太陰暦十二月二十六日の午後である。

この日、マリーは皇城内の救世天主教堂、通称を北堂とする教会で執《と》り行われた主日ミサに参列したあと、教堂の応接室の一室で、アミヨーとお茶の時間を持った。

　公現祭には間に合わなかったが、マリーが持ってきたガレット・デ・ロワをアミヨー修道士は喜んで受け取った。いっしょに食べていきなさいと誘われ、いつも話を聴いてもらう告解室ではなく、応接室のひとつへ通された。

　教堂内ですれちがうフランス人宣教師と交わす会釈《えしゃく》も、故郷の教会にいるかのような気持ちにさせる。アミヨーはひとりの漢人修道士に声をかけ、マリーを紹介した。その後輩の修道士にガレット・デ・ロワを渡し、ふたり分を切り分け、お茶とともに応接室に持ってくるように言いつける。

「楊《よう》、神父さまとおっしゃるのですね。フランス語がとても上手ですね」

　瘦《や》せぎすの五十代から六十代と見える修道士の後ろ姿をふり返りつつ、マリーはアミヨーに話しかけた。

「かれは、去年他界した高《こう》修道士とともに、フランスに十三年留学していた。とても優秀な学者でもある」

　東洋人が見下されがちなヨーロッパで、優秀な学者として認められるのはどれだけ大変なことだったろう、とホテル・ムーリスでの修業時代を思い出したマリーは、漢人修道士たちに尊敬の念を抱いた。

　煖炉に炎の燃える応接室に通され、楊修道士がふたり分に切り分けられたガレット・

デ・ロワと紅茶のセットを運んできたときは、マリーはその気持ちを正直に伝えた。

　楊修道士は、温和な笑みを浮かべ、謙遜した。

「国費で留学し、フランスの王室や国務卿による援助のもとで学問を修《おさ》めた我らなど、女の身ひとつで海を渡り、パティシエールとして独立しようという趙小姐《シャオジエ》のご苦労とは比べものになりません」

　にこやかにマリーの健闘を称えたのち、ガレット・デ・ロワを分けてもらった礼を言って、楊修道士は穏やかな物腰で退室する。

　紅茶とガレット・デ・ロワを楽しみつつ、慶貝勒府《けいベイレ》とその厨房で年末にあったことを話し終えたマリーは、部屋に入ったときから気になっていた一対の絵画を見上げた。

　片方の壁の上部、煖炉の両側に掛けられた肖像画の人物には見覚えがある。

「降誕祭のときに、うちの皇子さまからことづかってお届けした、フランス国王夫妻の肖像画ですね。画布を丸めた状態で、大丈夫かなと心配していたんですが、額に入れて飾ってくださったんですね。殿下もきっとお喜びになります」

　画布に何が描かれているかは知らなかったが、マリーは直感的にそうだと思った。

　アミヨーは微笑した。

「もともとここに飾ってあったものだとは、思わないのかな」

「おふたりのお年頃が、一昨年《おととし》に拝謁《はいえつ》したときの両陛下《りょうへいか》のお姿です」

　、謁見した王家の肖像画は、ほぼすべて見たことのあるマリーは、目の前の肖像画がいまた模写も複製も作られていない、最新かつ未公開の作品であることを断言できた。

　それゆえに、マリーは永璘《えいりん》がどこかで入手した国王夫妻の肖像画を、アミヨーへの土産《みやげ》にしたのかと思ったのだが。

　絵を隅から隅まで見つめていたマリーに、ふいに不安が襲いかかる。

「画家のサインが、ありませんね」

「名もない作家の手によるものではないかな。市民革命の前に、本国から送られてきた絵画のうちの、二枚だ」

　マリーはふり返り、アミヨーの皺深い顔を見つめた。嘘を言っているようには見えない。聖職者が、嘘をつくはずがない。

　マリーは座り直してアミヨーに体を向け、姿勢を正した。

「第十七皇子は、とても素晴らしい絵の才能をお持ちなんですが、どういうわけかそれを隠しておられます。一流の画家としても通るような絵をお描きになるのに、描いたはしから燃やしてしまわれます。アミヨー神父さまは、理由をご存知ですか」

　アミヨーは皺に囲まれたまぶたを瞬《またた》かせ、視線をテーブルのカップに落とした。マリーは言葉を続ける。

「上の皇子さま方に比べて、優れたところのない皇子だと、世間では思われてるようですけど、暴動のパリを脱出したときの十七皇子はとても勇敢《ゆうかん》で、決断力に富んでおいででした。書画に優れた皇族も少なくはないそうですから、非凡な芸術の才能をお持ちの十七皇子が、どうしてご自分の絵を公にしないのか、とても不思議なのです」

　アミヨーは小さく嘆息してカップを手に取り、くるくると回してから受け皿に戻した。

「私も、詳しいことは知らない。ただ、慶貝勒《けいベイレ》は七つのときに、皇帝陛下から絵を描くことを禁じられたと聞いている」

　マリーは驚き、唖然《あぜん》とし、そしてかぶりを振った。永璘の描く絵は、何年も描き続け、修練してきた腕前だ。

「お父さんに禁止されてても、聞かなかったんですね」

「マリー。これは貴族や庶民の家庭における、子の才能に理解のない父と、夢を捨てられない息子の問題ではない。清国においては、皇帝の命令は絶対だ。どんなささいなことでも、皇帝の命に逆《さか》らう者は死を賜《たまわ》り、その罪は一族に及ぶ。皇族といえど、例外ではない。皇帝には皇子に絵を禁じた理由があり、慶貝勒は陛下に絵を描くなと命じられたら、絶対に描いてはいけないのだよ」

　マリーはアミヨーの語る内容が、うまく頭に入ってこず、考えることも難しかった。

　もしもマリーが、父親に菓子を作るな、作れば殺すと言われたらどうだろう。

　あきらめるだろうか。他に打ち込めることを見つけることができるだろうか。毎日お菓子のことばかり考えてしまうマリーだ。菓子作りをあきらめられなかったら、どうしていただろう。

　命を懸けてでも、菓子を作ろうとするだろうか。

マリーならば、父親に反対されても、パリから飛び出して他の街でパティシエールを目指せるかもしれない。外国との距離が短く国境を越える垣根の低い欧州なら、フランスのお菓子をもてはやすイギリスでもスペインでも移り住めたであろう。

だが、この広大な大清帝国のどこにいても、永璘は絵を描くことを許されないのだ。何日かけて歩いても、馬に乗っても、国境はどこまでも遠い。

「でも、それなら、皇子はどのようにして、描き続けてきたのでしょう」

アミヨーはふたたび嘆息して応える。

「真の才能は、天に授けられたものだ。周囲の事情や、本人の意志とは関係なく出口を求めてあふれ出す。抑えつければ抑えつけるほど、情熱に火を注ぐことになる。十七皇子は、父帝の怒りを買わずに、絵を描き続ける道を見いだしたのだろう。その代償に何を払ったかは、余人の知るところではない」

『清国の人間には、誰にも見せるわけにいかない』

杏花庵《きょうかあん》で澳門《マカオ》港の絵を燃やしたときに、永璘の言った言葉が、マリーの耳に甦る。

「わからないです。燃やされたのは無害な風景画です。見る人間を不快にさせるようなものは、なにも描かれていませんでした。この肖像画だって、フランス王家に対する揶揄《やゆ》も、政治批判も描き込まれていません。ただ、国王ルイと、王妃マリー・アントワネットのある日のお姿を、そのまま描いただけの似姿ですよ」

「まさに、そのことが逆鱗《げきりん》に触れたのではないかと思われる。見たままの風景や人物を、写し取ったように描く技術を、十七皇子はいつ、どこで習得したのであろう。七つのときすでに、そのような絵を描いていたのか？　マリー、機会があれば清国の絵画を見てみるといい。皇子の絵の、何が許されないのか、わかるかもしれない」

教堂の鐘が正午を告げた。

慶貝勒府《けいベイレ》から迎えの来る時間だ。マリーは非常に不可解で釈然としない思いを抱えて、天主教堂を辞した。

貝勒府に帰ったマリーは、正房《おもや》へ上がるように執事に言われて、天主堂への送り迎えをしてくれた侍衛の何雨林《かうりん》とともに、後院へと向かった。

アミヨーとあのような会話をしたすぐあとに、永璘と顔を合わせるのは気が重い。鬱々《うつうつ》とした表情のマリーに、雨林が声をかける。

「趙小姐《シャオジエ》は、往《い》きは元気だったのに、帰りはずっと無口ですね。帰宅したのにいっそう難しい顔になりました。北堂で何かあったのですか」

「別に、何もないけど──あの、雨林さんはいつから老爺《ラオイエ》にお仕えしているんですか」

話を逸《そ》らそうとしたマリーだが、雨林が昔から永璘に仕えているのなら、絵にまつわる話を知っているかもしれないと思って訊ねる。

「正式には、老爺が後宮をお出になられてからです」

　では永璘が七つのときのことなど、知らないだろう。永璘が独立して後宮を出たのは、十五歳のときだ。

「ですが、その前から、外出のときには護衛としておつきしていました。私は老爺の御養母、巴林《バリン》氏に連なる一族の出ですので、穎《えい》貴妃よりじきじきに、老爺のお近くでお護《まも》りする任を命じられました。老爺が九つのときのことです」

　武人らしく堂々とした体格に、形良く整えた口ひげ。何雨林の一重まぶたの切れ長の目は、常に冷静に周囲を見回し、主人の安全に気を配る。護衛として、とても頼りになる雨林は、永璘の秘密を知っているのだろうか。

　永璘が絵を見せたり贈ったりするのは、清国の人間ではないマリーとアミヨー修道士に限られているのなら、側近でさえ見ることはないであろうし、知らされもしない。

　永璘が子どものときから仕えてきた太監の黄丹《こうたん》でさえ、小屋で絵を描くための準備はさせられても、主人が絵を描くところも、その絵を見ることも、許されていないようであったから。

　雨林は、主人の命にかかわることであれば、知っていても黙っているであろうし、知らされていなければ、知らないままの方がいい。

　正房へ上がる階段の下で雨林と別れたマリーは、近侍に導かれて室内へ入った。

「頼んでおいた丸い菓子は、妹公主の誕生日に間に合いそうか」

炕《かん》の上で書を読んでいた永璘が、マリーが拝礼を終える前に話しかける。マリーは膝をついたまま、永璘の質問に答えた。

「材料のアーモンドが間に合いそうにないです。こちらに勤め出して間もないころ、出入の業者に訊ねたときは、見たことも聞いたこともないということでした。ご依頼をいただいてからは、街の市場で探したり、南堂や北堂の神父さまにも問い合わせてみましたが、まとまった量はちょっと手に入らないようです」

永璘は側の小卓に肘をついて、残念そうに嘆息した。

「誕生日には間に合いそうにないが、皇宮に出入りする輸入業者に当たってみよう。和孝《わこう》公主を驚かせてやりたかったのだが」

「高厨師に、もう一度訊いてみます。いまはトランクが手元にありますから、フランスから持ってきたアーモンド・エッセンスの香りを嗅《か》いでもらえば、清国にあるのかないのか、はっきりするでしょうから」

「頼む」

永璘がうなずいたところへ、黄丹が提盒《おかもち》を提げて正房に上がってきた。

「マリーも食べるか」

手招きをする永璘に、マリーは立ち上がって卓に近づき、黄丹が午後の点心を卓上に並べるのを眺めた。

蘿蔔《ラバ》絲餅《スービン》、俗に言う大根餅と、燕児の作とおぼしきカスタードクリームの揚げパイ。パイに練り込まれているのはバターではなく豚脂《ラード》だが、清国人的に問題はない。マリーとしては、これにバニラのアイスクリームを添えたいところだ。そして蓋のついた碗。

永璘が蓋を取って差し出した碗の中身をのぞいて、マリーはいたくがっかりした。すでに食べ飽きてしまった元宵《げんしょう》が湯の中に浮いている。マリーは遠慮して一歩下がる。

「少し早いが、もう作っていると聞いて点心に出させた。年が明ければ、どこへ行っても朝からこればかり出されるが、さすがに二年ぶりとなると元宵節まで待てない」

永璘は元宵のひとつを頬張りながら言った。

「やはり我が家の味が一番よいな。高厨師はこの貝勒《ベイレ》府の、初代点心局長の味を忠実に守っている」

「そうなんですか」

マリーはちょっとびっくりして訊き返した。

「私が成人してこの邸を賜ったとき、生母の令懿《れいい》皇貴妃と、養母の穎《えい》貴妃に仕えていた後宮の厨師も、何人か選ばれて私についてきた。特に生母が存命のときから後宮の膳房に勤めていた点心厨師の王《おう》太監は、九つで母を亡くした私を不憫《ふびん》がって、ずいぶんと甘やかしたものだ。すでに高齢であったから、この王府には長くは勤めなかったが。いつの間にか他の太監厨師もいなくなった。この王府の膳房もすっかり世代交代したようだが、料理の味は後宮にいたころと変わらない」

末っ子皇子のお気に入りだった厨師が、新人の王厨師と同じ姓なのは偶然かな、とマリーは思った。しかし新人の王厨師は去勢された太監ではなく、いかにも男臭いふつうの男性だ。マリーは太監の料理人しかいないという、紫禁城の御膳房を想像してみようとしたが、無理だった。

話題を変えようと、マリーは誇らしげにもうひとつの元宵を指さした。

「私が粉をまぶした元宵かもしれません」

「なるほど。去年より美味いわけだ」

永璘はすかさず破顔した。

去年はアフリカ沿岸の海の上で正月を迎えたので、元宵は食べてないはずだが、とマリーが指摘すると、永璘は「そういえば、そうだ」と屈託なく笑う。

いつの間にか椅子に腰かけていたマリーは、黄丹に淹れてもらったお茶と、大根餅とカスタードクリーム揚げパイをひとつずつもらって味わう。

外洋船では何を食べたか、正月はどう祝ったのかと、思い出話に花を咲かせるうちに、時間が過ぎた。

菓子職人見習いのマリーと、厨房騒動

　翌朝、マリーはマカロンのレシピを漢訳した覚え書きを持って厨房に出勤した。しかし、朝の点心を出し終えてすぐに、元宵作りに取りかかるよう高厨師が命じたために、マリーはアーモンドの調達について、話を切り出すきっかけがつかめない。

　笊にもち米粉を広げて準備していると、高厨師と王厨師が餡作りをしている調理台から、ピーナッツのかぐわしい香りが漂ってくる。燕児《えんじ》が顔を上げて唾を呑み込み、残念そうにつぶやいた。

「今日は花生米《らっかせい》の餡か。あれ好物なんだ。去年からやっと作らせてもらえるようになったのに」

　王厨師が入ったために、高厨師に教えてもらえなくなったのが悔しいようだ。

「でも第二厨師が慶貝勒府《けいベイレ》の味を知らないまま、高厨師がお休みのときに前の職場の味付けで作っちゃったら、高厨師の責任になっちゃうものね。つきっきりなのは仕方ないよ」

　マリーは手を止め、いつもと同じ手順で粉をまぶした燕児が、元宵をかきあつめる。

「なんだか知った風なことを言うじゃないか」

燕児は眉を寄せてマリーをにらみつけた。

「老爺《ラオイエ》が、元宵節はどこへいっても元宵を出されるけど、我が家の元宵が一番おいしいって、おっしゃってたよ。それも、この王府が開かれてからの、老爺が大好きだった先代の点心局長の味を、高厨師はずっと守っているんですって」

燕児はひどく驚いて一歩下がった。李二《りに》も李三《りさん》も、話が聞こえていたようで、作業の手を止めて顔を上げ、マリーを凝視《ぎょうし》している。後輩の女厨師見習いが、邸の主人に直接お言葉をいただけるほどのお気に入りであるということに、いまだに慣れていないようだ。

「老爺と、いつお会いしたんだ」

「昨日、妹公主のお誕生日祝いの件で正房《おもや》に呼び出されたとき、午後の点心に元宵が出たから、そういうお話をうかがったの」

「まさか、相伴《しょうばん》なんかしなかっただろうな」

「元宵はお断りしたけど、燕児の揚げパイはひとつもらって食べた。すごくおいしかった。アイスクリームか生クリームを添えたら、もっといいだろうなーと思ったけど。手に入らないもんね。あと大根餅？　甘くないけど、元宵とカスタードクリームの揚げパイの間には、味のバランス的にちょうどいいね」

燕児は粉で白くなった手を額にあてて、かぶりを振った。

使用人が、主人の点心を同じ卓からつまみ食いすることなど、あり得ない。

「法国《フランス》では、使用人が主人の茶席で甜心を食べてもいいのか」

「よくない。老爺は、自分が珍しいとかおいしいと思ったものを、私に作らせたいから、その場で味見をさせてくれるんだと思う」

永璘とマリーの非常識な距離は、燕児には理解できない。おそらく、フランス人にも理解できないだろう。食事をともにしているというだけで、男女の親密さと結びつけてしまうかもしれない。

「瑪麗《マリー》、ちゃんと女子の拝礼はできるようになったか」

おそるおそる訊ねる燕児に、マリーはにっこり微笑み、重ねた粉だらけの両手を腿に置いて、そろえた膝を優雅に折った。

「無駄口を叩いているんじゃないっ！　とっとと花生米《らっかせい》餡を取りにこい！」

向かい合って小声で話していればともかく、余分な動きが高厨師の目についたらしい。怒声とともに飛んできた棒たわしを、マリーは空中で捉え損ねて笊の上に落としてしまい、あたりに白い粉が舞い上がる。

「すみませんっ」

燕児は慌てて餡を取りに行き、ふたりは猛烈な勢いでピーナッツ餡の元宵にもち米粉をまぶし終えた。

私語については厳しく叱られたが、高厨師は休憩に入るなり、元宵に対する永璘の感想について、マリーを問い詰めた。

「そうか、老爺《ラオイエ》はお喜びだったか」

人々に幸福をもたらす伝説の仏僧、布袋《ほてい》のように福々しい顔をほころばせ、高厨師は嬉しげにうなずいた。それから、急に真面目《まじめ》な顔つきになる。

「御膳房の厨師ってのはな、何ヶ月、何年前の献立だろうと、常に同じ味付けを再現しなければならない。市井《しせい》の酒楼《しゅろう》のように、そのとき出された料理が美味《うま》ければいいというものではないんだ。宮中の御膳房では、ちょっとでも味付けを変えると比喩でなく首が飛ぶ。うちは王府で老爺《ラオイエ》がおおらかなお人柄だから、滅多なことではお叱りをうけないが、これからは宮中の味を知る皇族や、政界の大物も老爺の催される宴席に連なることが増えるだろう。老爺や嫡福晋さまが何もおっしゃらないからといって、いいかげんな仕事はするなよ」

王厨師をはじめ、点心局の面々は厳しい顔つきでうなずいた。マリーも、顧客の好みに応じたレシピの正確な保存と再現については、パリのホテルで叩き込まれていたので、高厨師の言わんとするところはよくわかる。ただ、清国の宮廷では、料理を出すのも命がけであるところが違うようだ。

「あ、それでですね」

マリーは大切なことを思い出した。レシピの保全について確認し合ったあとに、革新的な冒険を提案しなくてはならない。

「和孝公主のお誕生日祝いに、フランスのお菓子を作るように命じられました」

高厨師は驚きも不快の感情も表には出さなかったが、困惑したことは確かだ。

「それは、琲麗に作れという命令だから、おれにはどうしようもないな。成親王《せいしんのう》に出した卵菓子なら、李三でも手伝えるだろうが」

マリーは首を横に振った。

「それが、マカロンという、材料が手に入りにくいお菓子をご所望《しょもう》なんです」

会話に入れない王厨師は、先ほどから眉間《みけん》と額に皺を寄せ、唇を引き結んでマリーの発言に耐えている。

男尊女卑は清国の十八番《おはこ》ではない。女子の発言が生理的に耐えられない男性というのは、どこの国でもいるようだ。そういえば、フランスもひどいものだった。

周辺の欧州諸国では、女帝や女王が推戴《すいたい》されることは珍しくなく、飾り物でなく彼女たちが政治を主導することを国民も受け入れていたというのに、フランスでは王妃すら政治に口を出すことが許されなかった。父の紹介で入り込めたホテルのパティシエ部門でも、女が出過ぎたことを言うなと、しょっちゅう非難された。

女王の国に囲まれていない清国では、自分の意見を持つ女性に対する風当たりは、さらに厳しいとマリーは感じる。

とはいえ、女厨師を認めようとしない王厨師や他局の厨師らの理不尽な態度に傷つくほど、マリーの心臓はやわではない。女であることに加えて、東洋からの移民を母とするマリーは、アジア人の特徴を併《あわ》せ持つ見た目だけでも、客や他部門の従業員からは不愉快な扱いをたびたび受けた。

あの当時の、ときに物を言う動物のように扱われた日々に比べれば、王厨師の八つ当たりなど、どうということはない。

　そのような日々を、マリーがどのように耐え抜いたかといえば、仕事が終われば父の徒弟であった婚約者のジャンが慰《なぐさ》め励ましてくれ、家に帰れば、まもなく親方に昇格する父親と、自分たちがやがて持つことになるパティスリーについて、夢を語り合えたからだ。

　王厨師の放つ苛々の波動を完全に無視して、マリーは漢訳したマカロンのレシピを卓に広げた。

「マカロンは、フランスでは神々の食べ物と言われるくらい人気のあるお菓子で、どこのお店でも扱っていますが、おいしいマカロンが作れるかどうかが、フランスの菓子職人、糕點《ガオディアンシー》師の腕の見せ所なのです」

　マリーは拙《つたな》いマカロンの絵を指さしながら説明した。残念ながら、画才のないマリーのデッサンによるマカロンは、あまりおいしそうに見えない。点心局の面々は、戸惑った表情で互いに顔を見合わせた。

　マリーはこほんと咳払いした。

「といっても、元はフランスの南にある、イタリーの名門メディシス家から、フランス王家に嫁《とつ》がれたカトリーヌ姫によって、フランスにもたらされたものですけども」

　欧州の地理や王家の関係など、まったく知識の外である高厨師以下、だれもがうつろな目つきになってしまう。かろじて、高厨師が間《あい》の手を入れてくれた。

――まあ、なんでも美味いものは南からやってくるもんだ」

康熙《こうき》帝と乾隆帝の度重なる江南《こうなん》への行幸によって、広東《カントン》や福建《ふっけん》の料理が北京《ペキン》にも入り込んでいる。明《みん》の時代から続く宮廷料理や満族の伝統料理が、江南の料理に押され気味であることは、宮中と市井を問わず、北京の料理人にとっては頭痛の種であった。

「必要なら、雲彩蛋餅乾《ユンサイダンビーガン》のときのように、竈をひとつ使っていい」

高厨師はあっさりと許可を出す。しかし、問題はオーブンの代用ではないのだ。マリーはおそるおそる高厨師に申し出た。

「ただ、このお菓子はアーモンドを大量に必要とするんですよ。お客の人数を考えたら、半貫《はんがん》は必要です。こちらの厨房でも、街の市場でも見たことがないので、手に入るかどうか業者に問い合わせていただきたいのです」

「あーもんど？」

「堅果の一種です。こういう形の」

マリーは覚え書きのはしに、筆で滴《しずく》形のいびつな楕円《だえん》を描いたが、もちろんどういう物体なのかわからない落書きだ。見たことも聞いたこともない、というふうに首をひねる高厨師に、覚え書きといっしょに持ってきた小瓶の蓋をとって差し出した。

「これ、アーモンドのエッセンスです。堅果をそのまま使ったり、こうやって香りだけ抽《ちゅう》出《しゅつ》したりして、お菓子に使います」

「苦杏仁《くきょうにん》みたいな匂いだな」

差し出された小瓶からにおいを嗅いだ高厨師は、眉間に皺を寄せて言った。高厨師に小瓶を渡された王厨師は、いっそう不快な面持ちで立ち上がり、マリーを糾弾《きゅうだん》した。

「苦杏仁を半貫も欲しがるなんて、おまえは招待客を皆殺しにするつもりか！」

いきなり大声で非難されて、マリーはもちろん、燕児も李兄弟も飛び上がった。

いつもより休憩が長引く点心局に、休憩室を使えないでいた他局の厨師たちが聞き耳を立てていたらしい。野菜料理を担当とする素《スー》局の局長、タイフェイ厨師の茄子《なす》のように細長い顔が、「なんの騒ぎだ？」と休憩室をのぞきこんだ。

タイフェイ厨師の背後に、他の厨師や助手が、「皆殺し？　物騒な話だな」「苦杏仁を仕込んだ甜心だってよ」と、がやがやと騒ぎ始める。

皇帝や皇族の料理を作る御膳房は、調理法や料理によって六つの局に分かれており、軽食やお菓子を作る点心局を含めて、常時三十人が厨房を切り回している。

名前と年格好が似ているせいか、タイフェイ厨師とは仲のいい、焼烤《グリル》専門である掛炉《かけろ》局のインフェイ局長が、燻製《くんせい》のにおいを漂わせながら「なんだどうした」と駆けつける。

回ってきた小瓶のにおいを嗅ごうとしていた燕児を指さし、王厨師は声を荒らげて、他局の厨師に向かって叫ぶ。

「この小娘が、貝勒《ベイレ》府の客に毒を盛るつもりだと白状したんだ！」

指さす方向に少し齟齬《そご》があるような気がしたが、マリーは慌てて貴重なアーモンド・エッセンスの小瓶を燕児から取り返して蓋をした。

「そんな物騒な物は処分しろ！」

王厨師が恐ろしい顔で小瓶を奪い取ろうとする。

「とんでもない！　同じ重さの黄金にだって、換えられるものですか！」

王厨師の腕から逃れて、マリーは椅子を蹴って立ち上がり、驚き戸惑う厨師たちの間をすり抜ける。

「そいつを捕まえろ！　とんだ災厄《さいやく》を持ち込む娘だ」

「おい、落ち着け」

興奮する王厨師を、高厨師がなんとかなだめようとするのが聞こえたが、他の厨師も血相を変えて、マリーの肩や袖に手を伸ばしてくる。

大勢の男たちに取り囲まれて、いまにも取り押さえられそうな凶悪な空気に、マリーは震え上がった。点心局の同僚はともかく、他局の厨師や見習いには、マリーのことを快《こころよ》く思わない者は少なくない。両手でアーモンド・エッセンスの小瓶を握りしめ、脱兎《だっと》のごとく厨房から逃げ出した。

とりあえず、無人の下女長屋へと逃げ込む。男たちは女の使用人長屋には入って来られない。アーモンド・エッセンスを隠せる場所を探してあたりを見回したが、王厨師たちに私物やトランクをひっくり返される事態を想像して、身震いが走る。

「どうしよう。どこに隠したら――」

「人殺し！　西洋女をつかまえろ！」

外から聞こえてくる厨師らの叫びに、マリーは驚いて飛び上がった。

女の悲鳴も聞こえる。男たちが、長屋の脇通路に乱入してきたのだ。

貴重なアーモンド・エッセンスだけでなく、毒殺容疑までかけられて、自分の命も保障されない流れになっていた。

マリーが長屋を飛び出すのと、素局のなんとかという厨師が脇通路に姿を現したのが同時だった。

「ここにいたぞ！」

騒ぎを聞きつけて、非番や休憩でとなりの長屋にいた下女や女中が、それぞれの部屋から顔をだす。ここにいるべきでない男たちの集団が雪崩《なだ》れ込んできたことに驚き、扉を閉めたり、出て行けと怒鳴り返す老婆の声も交ざる。

女中長屋に沿った脇通路は細く、桶や洗濯物が邪魔だ。さらに通りすがりの使用人たちがあとを追ってくる厨師たちの叫びを聞いて、マリーの行く手を阻《はば》もうとする。

マリーが長屋の脇通路を奥へと走り抜け、中院へ達するころには、他の部署の使用人までわらわらと集まってきた。「人殺し！」と叫ぶ厨師の声に、わけもわからず罵《ののし》る者も増えてゆく。

煽動《せんどう》に乗せられた人々が口々に叫びながら、敵意を剝き出して押し寄せる。パリの暴動を彷彿《ほうふつ》とさせる光景に、マリーはパニックに陥《おちい》りかけた。

「なんで、なんでこうなるの？」

中院の回廊の一部である抄手廊と、脇通路を隔《へだ》てる小さな物置の戸に錠《じょう》が下りてないのを見たマリーは、とっさに中に逃げ込んで戸を閉めた。戸をどんどんと叩き、口汚く罵る声がする。

「ジャン！　どうしたらいいの。あのひとたち、なんの関係もないのに、誤解した王厨師や他の厨師の怒鳴り声を信じて、あんなに怒り狂って追いかけてくる」

話し合いなど、できるものではない。

フランス革命の引き金ともいえるバスティーユ牢獄の襲撃では、牢獄の指令官であったド・ローネー侯爵《こうしゃく》は降伏したにもかかわらず、復讐《ふくしゅう》と血に飢《う》えた民衆によって凄惨《せいさん》な私刑《リンチ》を受けた。民衆は切断したド・ローネーの頭部を槍の先に突き刺して街を練り歩いた。

まさか、自分がこの家の使用人たちに虐殺《ぎゃくさつ》されるとは思いたくなかったが、怒りに箍《たが》の外れた群衆の恐ろしさを身を以《もっ》て知っているマリーは、楽観などできない。

手近な櫃《ひつ》を戸の前に置いて使用人たちの乱入を塞ぎ、落ち着いて考える間もなく、家具や櫃を避けて、物置の奥へ進んだ。騒ぎが沈静化するまで立て籠《こ》もるつもりであったが、物置は回廊から脇通路へと通り抜ける構造になっていた。奥には鍵のない戸があり、外にはひとの気配がする。

そっと隙間からのぞくと、中院の抄手廊を行き来する女中が、不安そうに大きくなる騒ぎの方角を仰いで、言葉を交わしていた。

中院の広い院子《なかにわ》の向こうに、過庁が見えた。過庁は各院を隔てる虚ろな建物で、門と広間の役を果たしている。その巨大な過庁の向こうに、正房《おもや》がある後院が見えた。

天の啓示のように、ひと筋の逃げ道がはっきりと見えた。

永璘の住居である正房、この貝勒《ベイレ》府の聖域へ。

――いまなら、突っ切れる。

マリーは後先も考えずに、中院の回廊へと飛び出した。きれいなお仕着せの長袍《チャンパオ》に身を包んだ庶福晋の侍女が、いきなり目の前に飛び出した必死の形相《ぎょうそう》のマリーに驚いて、きゃあ、と悲鳴を上げて腰を抜かす。

中院の東廂房《わきのや》の檐廊《えんろう》で、侍女たちと羽根蹴り遊びをしていた三歳の公主が、マリーの出現に目を輝かせた。羽根を放り出して大理石の階段を駆け下り、マリーのあとに続く。

戸外の異変に気づいた東廂房のあるじ、庶福晋の張佳《チャンギャ》氏が底の高い靴でよろよろと檐廊に出てきて、走り去る幼い娘の背に悲鳴にも似た声で戻るように呼びかける。

周囲の騒動を無視して、マリーは回廊を横切り、中院の院子《なかにわ》を突っ切り、後院へ続く巨大だが空虚な建物、過庁をくぐり抜けた。

永璘の住む正房や、妃たちの住む廂房といった宮殿群をつなぐ回廊では、近侍の太監や美しく装った侍女が、おそろしい速さで走り抜けるマリーと幼公主、そのあとを追いかける厨師たちの光景に驚き、ただ呆然として立ち尽くす。

マリーは息も絶え絶えになって正房にたどりつき、大理石の階段を駆け上がった。

「ノンコン殿下！　マカロンの材料は、この国にないんですって！」

予告もなく開いた扉から、髪を振り乱し、血相を変えたマリーに躍《おど》り込まれて、書き物の最中であった永璘はぎょっとして筆を落とした。たっぷりと墨を含んでいた筆が転がり、書きかけていた書類と机が真っ黒に汚れてしまう。

「急に入ってくるな。驚くじゃないか」

汚れた紙を近侍に片付けさせ、筆を直し、水盆で汚れた手を洗ってから、永璘はマリーをたしなめた。茶盆の用意された卓へと移動し、まだ肩で息をしているマリーを招き寄せる。自ら注いだ茶を、マリーに差し出した。

命がけの疾走《しっそう》でのどの渇《かわ》いたマリーは、飲みつけない熱い茶を一気にのどに流し込み、熱い熱いと泣き声を上げる。

永璘は落ち着いた態度で、卓の椅子を引いて腰をおろした。

マリーについて正房にかけこんできた幼い公主は、つい最近この邸にやってきて、自分の父親だと名乗った男性の姿にひるんだ顔をした。永璘は娘に気づき、微笑して手招きをする。公主は父親とマリーを交互に見比べながら、おずおずと父親に近寄る。永璘はひとり娘を膝に抱き上げた。

厨房での騒動を一通りマリーから聞いた永璘は、いかにも育ちのよい人間の仕草で笑い飛ばした。

「貿易商から、アーモンドとは巴旦杏《はたんきょう》のことだと聞いた。少量だが輸入もしているそうだ。杏仁《きょうにん》とは別の植物だ。厨師なら誰でも、名前を聞いたことくらいはあるはずだ」

アーモンド・エッセンスの入った硝子《ガラス》の小瓶を握りしめたマリーは、憤慨《ふんがい》した調子で声を上げた。

「誤解した新人の厨師が大声で『毒だ』と叫んだとたん、他の厨師もこれが毒薬の小瓶で、私が邸のみんなを毒殺しようとしているって信じてしまったんです。大事なエッセンスを取り上げられて捨てられたらたまらないので、急いで逃げてきました」

殺気立った男たちに囲まれて震え上がったことは、言わないでおく。

永璘は娘をあやしつつ、戸外の物音に耳をすませた。確かに、ふだんは閑静な後院の院子《なかにわ》が騒がしい。娘を抱いたまま立ち上がり、檐廊《えんろう》に出てみれば、年賀の挨拶のごとく、使用人が詰めかけている。正房《おもや》に近づくことの許されない下級の使用人まで、回廊を埋め尽くすひとだかりのうしろから背伸びをして、野次馬を決め込んでいた。

早春とはいえ、草木も凍りつく氷点の院子は、集まった人々の熱気で蒸気が上がっている。

マリーが息を切らして逃げ出さねばならなかったわけだ。

聖域の正房まで追っ手が迫ったのだから、パリから命がけで持ち出したアーモンド・エッセンスを守り抜くためなら、マリーは永璘の寝室にだって逃げ込んだことだろう。

永璘はやれやれと嘆息した。

「まったく、マリーがいると退屈しない。連れ帰ったのは正解だった」

扉から姿を現した主人に、殺気立っていた李《り》膳房長をはじめ厨師の面々は、風に薙《な》ぎ払われる麦穂のように、次々と両袖を打ち下ろして拝跪《はいき》する打千礼《だせんれい》を捧げた。きびきびとした一糸乱れぬ動作に、清国人はこんな事態でも目上に対する礼作法を守るのだと、マリーはいたく感心した。

正房に仕える上級使用人は、壁や窓に張りついて、異常な事態に呆然としている。

「李膳房長、これはいったい、なんの騒ぎだ」

マリーからいきさつを聞いていた永璘は、さして動じたようすもなく、むしろうんざりした口調で、膳房長に問い質《ただ》す。

膳房長は、王厨師の誤解を別の厨師から伝え聞いて駆けつけたはずだ。尾鰭《おひれ》のついた報告をして、とばっちりで叱られては気の毒だとマリーは心配になった。

「その娘が、怪しい薬を厨房に持ち込もうとしたので、没収しようとしたのですが」

永璘はマリーに手招きした。ためらいつつマリーが皆の前に姿を現すと、使用人たちの間にどよめきが走る。そのころになって、ようやく丸々と太った高厨師が、息も絶え絶えになって、人垣を押し分けて前に出てきた。

「すみません。騒動が大きくなったのは、部下を御《ぎょ》しきれなかった私の責任です。いかなる罰もこの身に受けますので」

顔を真っ赤にし、泡でも吹きそうな勢いで、高厨師は指が張りつくほど冷たい石畳に膝と両手をついた。高厨師の背後には、青ざめた顔で膝をつく王厨師がいる。そのうしろに列を成しているのは燕児と李兄弟だ。みな、いまにも首を刎《は》ね飛ばされそうな恐怖に、震え上がっている。

永璘は片手を振って、高厨師に立ち上がるよう命じた。

「マリーが厨師たちの誤解を受けるにいたったいきさつは、だいたい理解した」

拝跪の姿勢で頭《こうべ》を垂れる王厨師を、永璘は無表情で一瞥《いちべつ》してから、膳房長へと視線を移した。

「膳房長、マリーが欲しがったのは巴旦杏《はたんきょう》の種で、杏仁《きょうにん》ではない。西洋人の好む巴旦杏に毒は含まれず、花と実は杏のそれとそっくりで見分けが難しいが、法国《フランス》ではカボチャの種と同じように、炒《い》って食べたり、粉に碾《ひ》いて麵麭《ぱん》や菓子に練り込んで食する」

それでも納得しない膳房長の顔色に、永璘はマリーに瓶を手渡すように命じた。マリーはしぶしぶと永璘にアーモンド・エッセンスを手渡す。

永璘は娘を足下におろし、瓶の蓋をとって一滴ほど自らの指先に落とした。

ペロリと舐めてみせる。

皇子が毒を舐めたと、後院は蜂《はち》の巣を突《つつ》いたような騒ぎとなったが、王府のあるじがその身を以て瓶の中身が無害であることを示したので、膳房長はそれ以上は事を荒立てることはなく、一同は不承不承ながら解散の流れとなった。

「高厨師は、ここに残れ」

後院に駆けつけたときは真っ赤だった高厨師の顔が、死刑宣告でも受けるのかといった蒼白に変わる。マリーは「だいじょうぶですよ」と必死で念を送ったが、慣れない体で走

たせいか　高厨師は顔を強ばらせ、よろよろと危ない足取りで檐廊《えんろう》へ上がる階段に足をかけた。

本当に倒れそうだったので、マリーはいそいで階段を駆け下り、その体を支える。燕児も駆け寄って、両側から高厨師を支えて檐廊に上がった。永璘の前までくると、高厨師は両方の袖を払って、冷たい大理石の床に片膝をつき、正しく拝礼する。燕児も高厨師の動きに合わせて膝をついた。階段の下には、去るに去れずにいる王厨師と李兄弟が、同じように膝をついてことの成り行きを見守っている。

永璘が立ち上がるように命じないため、高厨師は膝をついたままだ。マリーもまた、ひとりだけ立っているわけにいかず、拝跪の姿勢になる。石の床の冷たさは、膝の布越しに背筋を駆け上がる。

「高厨師、異国人が同じ厨房で仕事をするのは、やはり難しいか」

高厨師は怯えて口ごもり、否定とも肯定ともつかない声を上げた。御主人様お気に入りの徒弟について下手《へた》な返事をすれば、文字通りに首が胴体から離れかねないのだから、冷静に答えろという方が無理だ。

マリーは上司を庇《かば》って顔を上げた。

「老爺《ラオイエ》、高厨師はなにも悪くありません。いつも丁寧に仕事を教えてくれます。今日の騒動は、清国の食材に充分な知識もなく、毒とも間違えられる香料を持ち込んだ、私のあやまちです」

永璘はマリーを見つめて、口を出さぬようにとゆるやかに首を振った。

あたりの重たい空気に、永璘の裾にしがみついた公主は、不安げに指をしゃぶりながら父親からマリーへと目を移す。

「高厨師、正直に言え」

高厨師は肩を震わせながら、かすれた声で答える。

「正直なところ、簡単ではございません。が、瑪麗《マリー》は素直で勤勉な気質で、自分の仕事もよくわかっております。立場さえわきまえていれば、うまくやれるのではないかと、私は考えていました」

「だが、王府じゅうが震撼《しんかん》するような騒動が起きてしまったな」

高厨師は上体を地べたに投げ出すようにして平伏した。

「私が、部下を御しきれなかったためです。己の能力にふさわしくない点心局長という席を汚し、王府の平安を乱し、老爺《ラオイエ》にご迷惑をおかけしたこの罪、万死に値します」

体を震わせて謝罪する高厨師に、マリーは泣きそうになった。マリーがアーモンド・エッセンスなど持ち出さなければ、こんな騒ぎにはならなかったのだ。

「王太監の点心を継承する高厨師に死なれても困る。だが、騒動の責任は取ってもらわねばしめしがつかない。高厨師は向こう三ヶ月の減俸、マリーには謹慎を申しつける。以上、解散」

軽い罰ですんだことに安堵《あんど》したのか、ふくらんだ風船がしぼむように、高厨師の丸い体か大理石の床に沈んだ。まさか自分が罰されると思っていなかったマリーは、声をひっくり返して叫んだ。

「きん、って、私が謹慎ですか？　謹慎って、いつまでですか」

「いつまでにしようか」

永璘は娘を抱き上げ、そのぽちゃぽちゃした頬を撫でながらつぶやいた。幼公主は猫のようにぐるぐるとのどを鳴らしながら笑う。永璘は幼い公主の冷え切った頬に驚いて、いそいで屋内へと引き返す。

「仔細《しさい》は鄭書童《ていしょどう》にことづける。高厨師は膳房に戻れ。午後の元宵を楽しみにしているぞ」

正房《おもや》の扉が、マリーたちの前で閉じられた。

燕児に促され、マリーは安堵に脱力している高厨師を支えて階段を下りる。点心局の一同は無言で、厨房までの長い長い道のりを歩いて帰った。

「ごめんなさい、ごめんなさい。私がアーモンド・エッセンスなんか持ち込んだから」

マリーは申し訳なさに涙ぐんで高厨師に謝った。高厨師はむしろほっとした口調でマリーをなだめる。

「瑪麗は老爺の命令で、なんとかいう菓子を作ろうとしただけだ。騒動の原因は、瑪麗がここで働いている理由を、きちんと王厨師に話しておかなかったおれにもある」

点心局の調理台のひとつに手をついて、高厨師は嘆息した。李二に椅子を持ってこさせ、李三に茶を淹れるように言いつける。

マリーと燕児、王厨師は高厨師を囲むようにして調理台の周りに立った。元凶である王厨師は、自分のしでかしたことの深刻さを自覚しているのか、ひと言も口をきかない。

「減俸くらいですんで、ほっとした。老爺《ラオイエ》に呼び止められたときには、馘《くび》を言い渡されるかと、生きた心地がしなかった」

李三が差し出した茶を、高厨師はごくりと飲み干してため息をついた。ようやくひと心地ついたもようだ。高厨師は李兄弟に、みなにも茶を淹れて、作り置きの中でもとびきり甘い甜心を出すように命じた。李二と李三の表情が明るくなる。マリーもつられて微笑みそうになった。

「俺自身、瑪麗《マリー》が老爺とどういういきさつで知り合って、この厨房で働くことを許されたのか、よくは知らんのだから、王厨師にはどう説明したものか悩んでいたんだが、まさかこんな騒動が起きるとは思わなかった」

高厨師はそこで言葉を切って、マリーへと視線を向けた。

「だが見直したぞ、瑪麗。巴旦杏《はたんきょう》の汁を毒だと言い出したのが王厨師だとは、老爺に言わなかったんだな？」

必死だったのでよく覚えていないが、王厨師の名は出さなかったように思う。いや、言ったかもしれない。騒ぎを大きくした上に、マリーを人殺し扱いしたのだから、王厨師も罰を受けるべきではないか。

もし永璘がその名を聞き留めていれば、王厨師は貝勒府《ベイレ》を解雇されるかもしれない。

そうなってもいいのに、と思う一方、高厨師はマリーが王厨師を庇《かば》ったことを評価しているようなので、マリーは黙ってうなずきを返した。

高厨師は、いまだに青ざめて沈黙する王厨師に苦笑いを向けた。

「命拾いしたな、王厨師。瑪麗に感謝しろよ」

「命拾いって、大げさな」

マリーが口を出しかけるのを、高厨師は手で制した。

「まあいい、瑪麗が正式に謹慎を喰らう前に、作った餡の分の元宵は作ってしまうぞ」

人手がひとつ減れば、それだけ仕事の分担が増える。燕児も李兄弟も、甜心を頬張りお茶で流し込んで、午前中に作業していた調理台へと戻った。

菓子職人見習いのマリーと、杏花庵《きょうかあん》の主

午後の日が傾いたころ、永璘の秘書を務める鄭凜華《りんか》が、小冊子と筆を入れた墨壺を小脇に抱えて厨房を訪れた。

「鄭さん！」

懲罰《ちょうばつ》の報《しら》せをもたらしにやってきた相手を、マリーは笑顔で迎える。

永璘の欧州外遊に同行した鄭凜華は、フランス語でなされる事務処理をマリーが手伝った縁もあり、長かった旅の経験を共有した、対等な友人といっていい関係である。

「鄭書童、お務めご苦労様です」

マリーとは対照的に、高厨師は恭《うやうや》しい態度で、永璘の代理として厨房に遣わされたうら若い官吏《かんり》を迎えた。

青い官服に、辮髪《べんぱつ》のすっぽり隠れる官帽をかぶった鄭凜華は、にっこりとマリーに微笑み返す。永璘皇子の公務面を補佐するために、朝廷から割り当てられた正規の官吏である鄭凜華は、帰国してからは貝勒《ベイレ》府でも外出時も、常に官服を身にまとっている。

「災難でしたね、マリー。まあ、ちょっと長い休みをもらったと思いなさい。貝勒が帰国してから、まとまった休みもとってないでしょう？　通常は、取り次ぎ無しに皇族の部屋に乱入した者には鞭《むち》打ちの刑が待っているのですが、今回は初回ということで温情を賜りました。以後は気をつけなさい。いっぽう、騒動の責任者については――」

飄々《ひょうひょう》とこの処分の明るい側面を指摘しながらも、高厨師に対しては無機質な官吏の顔になる。脇の小冊子を広げ、墨を含んだ筆を手に、一同に話しかけた。

「李膳房長と、他の厨師からも聞き取り調査をしてきました。マリーの持っていた巴旦杏《はたんきょう》の香料を毒と決めつけ、王府の者たちを毒殺しようとしていると糾弾したのは、点心局の王厨師だったそうですか。事実ですか」

高厨師を始め、誰も口を開かなかった。肯定すれば王厨師は騒動を起こした元凶とされ、虚言に処されるであろうし、高厨師が部下を庇いたくても、すでに露見している事実を否定することもできない。

慌てて前に出ようとするマリーを、高厨師が制した。鄭の顔を見て、まっすぐに釈明する。

「瑪麗《マリー》の持ってきた香料を、苦杏仁《くきょうにん》のようだと言ったのは私です。そのために、王厨師は有害な杏《あんず》の種から抽出した毒物だと思い込んで、瑪麗を非難しました。その場で誤解を解き、騒ぎをおさめきれなかった責任は、ふたりの上司であり、点心局長の私にあります」

鄭凜華は、小冊子に高厨師の供述を書き込んで、鷹揚《おうよう》にうなずいた。

「貝勒には、現場にいた者から聞き取った詳細を、残らず報告しなければなりません。高厨師の証言も、伝えておきます」

それからマリーに向き直って、真面目な顔で判決を言い渡す。

「高厨師は減俸、マリーは無期限の謹慎で、老爺《ラオイエ》のお決めになった処分に変更はありません。マリーの今後の処遇は嫡福晋の預かりになりました。部署替えもありえますので、次の通達まで荷物の整理でもしてなさいと仰せです」

「えええ、そんな！」

マリーは驚きのあまり思わず高厨師の袖をつかんでしまったが、決定権があるわけでもない上司にしがみついたところで、どうしようもない。

「マリー、高厨師にも裁けない問題が起きたときは、貝勒《ベイレ》の正房《おもや》でなく、私のところへ来るべきでした。一部署の揉め事に、庶務も人事も飛び越えて、貝勒《ベイレ》の手を煩《わずら》わせるものではありません」

やんわりと注意されて、マリーはこうべを垂れる。

「厨師さんたちがわーっと集まってきたときは、パリの暴動を思い出して、頭が真っ白になってしまったんです。もう、何も考えられなくて」

「あぁ」と小さく息を吐いて、鄭はマリーの肩に優しく触れた。

「ここは皇上の権威の行き届いた清国の首都、北京の内城です。恐ろしいことは、何も起こりませんよ」

少なくともひとりは、マリーの感じた恐怖とパニックを理解してくれる人間がいる。マリーは目頭が熱くなるのを必死でこらえた。

「あなたには休暇が必要です。謹慎は貝勒のご配慮と考えなさい」

燕児と李兄弟の同情に満ちた目に見送られて、部屋に戻るよう鄭に促されたマリーは、厨房から立ち去った。

下女部屋に戻ったマリーは、炕《かん》の上に倒れ込み、布団を被って枕に顔を押しつけた。

厨房を叩き出されてしまったのだ。

清国で糕點厨師《パティシエール》になるための修業の道を断たれてしまった。

どこで間違えたのか、考え直してみてもわからない。

売場に命じられて、材料の調達を高厨師に頼みに行ったところまでは、問題はなかったはずだ。杏の種に毒があるのはフランスにいたときに学んだはずだが、その毒性からそもそも食材の市場に出回らない。マリーは杏の種のにおいなど嗅いだこともなく、アーモンドの種は杏や梅《うめ》の種と見分けやすいので、種が間違って混入することもなかった。

世の中には、知っているべきなのに、知らないでいることが多すぎる。

後院にまで使用人たちが押しかけるとは、マリーは想像もしなかった。永璘が使用人たちに襲われていたら、この国を揺るがす大惨事になるところだった。

ド・ローネー侯爵といっしょに槍首にされてしまったパリ市長フレッセルのように、マリーと永璘の首が並んで槍の上に刺さっているところなど、想像もしたくない。

マリーは不吉な想像と後悔でいたたまれなくなり、布団にめり込んだ。

鄭凜華は、次に問題が起きたときの対策を授けていった。

自分を頼れと言ったものの、永璘について外出することも多い鄭は、いつでもマリーを助けに駆けつけることができるわけではない。自分が不在のときは、嫡福晋の廂房《わきのや》にとりあえず逃げ込むのが、問題が大きくならずにすむ。

そういえば、マリーに好意的な嫡福晋の現在の住まいは、厨房のすぐ隣だった！

言われて初めて気がつくとは、つくづくと軽率《けいそつ》であった。

後院に新しい御膳房を建てている現在、建材の運び込みや大工の出入りで騒音が激しく、嫡福晋は厨房のすぐ隣にある前院の東廂房《わきのや》に避難して、仮住まいをしていた。

欧州の料理が口に合わず苦しんでいた永璘に中華食を提供し、革命の暴動から逃れるために奮闘したマリーに感謝する嫡福晋は、永璘の希望通りに、マリーを身内に等しく扱ってくれる。

その嫡福晋に助けを求めることを、どうして思いつかなかったのか。

温厚で思慮深い鈕祜祿《ニオフル》氏ならば、永璘とマリーの微妙な距離と、清国のひとびとには理解されない関係を、うまく取りなすことができたかもしれない。

マリーの心臓がどきどきしてきた。もしかして、真っ先に正房《おもや》に逃げ込んだことは、家政の責任者である、鈕祜祿《ニオフル》氏の面目《めんぼく》を潰したことにはならないだろうか。

取り返しのつかない失敗をしてしまったのではと、マリーは枕と布団の間で悶々《もんもん》と悩んだ。

夕刻、マリーは前院の東廂房に足を運んだ。

嫡福晋の鈕祜祿《ニオフル》氏に騒動の詳細を報告するためだ。そこには永璘もいて、何事もなかったかのようにマリーに微笑みかけた。

侍女や太監が立っているところへ、マリーだけが椅子を勧められる。マリーが特別扱いされていることが邸に知れわたるのは好ましくないと鄭に説教されたあとでは、この待遇は居心地が悪い。

三人分のお茶を淹れながら、鈕祜祿《ニオフル》氏がマリーでなく永璘に訊ねた。

「いったいなんの騒ぎだったのですか」

「ちょっとした食文化の誤解だ。当家の厨師は江南や舶来の食材には明るくない。毒ではないことを証明すれば、あっさり解決した」

「でも、その皆の前で舐めて見せたという液体は、お口にされて、本当に大丈夫なのですか」

マリーも、気の毒そうに眉をひそめる。

「苦かったでしょう、殿下。よく我慢できましたね」

いつまでも残る舌を痺《しび》れさせる苦みと、たった一滴で口腔《こうくう》から鼻腔《びくう》まで満たしてしまう濃縮されたアーモンドの香りを思い出したらしい永璘は、鈕祜祿《ニオフル》氏の淹れたお茶をひと息に飲み干した。

アーモンドの種も、品種によっては毒がないわけではない。しかし、マリーはそのことは言わないでおこうと思った。食用アーモンドで死んだ人間は、マリーの知る限りはひとりもいない。ただ、濃縮液を一滴、ひと口で摂取というのは、致死量ではないにしろ、健康に問題を引き起こしたかもしれない。密封はしてあったが、購入してから一年はたっている代物であるし。

とりあえず、永璘皇子の顔色は上々で、元気に笑っている。

「苦いのはわかっていたから、我慢できた。苦杏仁《くきょうにん》と見た目も匂いも同じなら、味も同じだろうと見当はつく。良薬は口に苦しといってね」

「良薬？　苦杏仁《くきょうにん》は毒ではございませんの？」

鈕祜祿《ニオフル》氏が身震いして訊ねる。身分の高い女性が死を賜るときなど、致死量の苦杏仁を授けられるという。

永璘は口中の苦みがそのまま出たように苦笑する。

「苦杏仁は薬にもなるんだよ。毒には毒を以て制するというやつさ。うちには杏仁《きょうにん》を必要とする病人がいないから、そなたが知らないのは無理もないが。漢人は杏仁を薬味にして豆腐を作る。皇上の南巡にお供したときに食べたのだが、悪くなかった。薬でもあるだけに、分量の調節が難しいらしい。マリーは覚えているか」

「白い、ジェリーとブラマンジェの中間みたいなお菓子ですね。そういえば、アーモンドを使っているのかなと思いました」

「風邪で喉をやられているときに、効果があるという。そなたにも、食べさせてやりたい菓子のひとつだ。漢席の膳房が完成したら、江南の厨師を雇って作らせてみよう」

夫に優しく微笑まれて、鈕祜祿《ニオフル》氏は頰を染めた。

「しかし、膳房に新人の厨師が増えたために、外国人で女のマリーが厨師として働いていることに不満を持つ者もいるようだ。どうしたらいいかな」

夫の相談を受けて、鈕祜祿《ニオフル》氏は真面目に考え込んだ。

「永璘さまのなさっていることが常識破りなのですが、瑪麗《マリー》の西洋菓子は当家の財産でもありますからね。瑪麗を当家の養女に迎えるのはいかがでしょう」

マリーはふるふると身震いした。愛新覚羅家の養女とは、皇族の籍に入るということだ。政略目的でどこへ縁づけられるかわかったものでないし、永璘たちにそのつもりがなくても、政変や革命がおきたら巻き添えを食らう。

　しかし、マリーが断る口実を紡《つむ》ぎ出す前に、永璘が首を横に振る。

「マリーは天主教徒だから、皇籍に入れない」

「ああ、そうでしたわね」

　鈕祜祿《ニオフル》氏は残念そうにため息をつく。子どものいない鈕祜祿氏は、マリーに服をあつらえさせて以来、仕事の合間に呼び出してはお茶の相手をさせたり、マリーの髪を結わせてみたりして、夫とゆっくり過ごせない無聊《ぶりょう》を紛らわせている。

「では、どういたしましょう」

「やはり、マリーのために洋風甜心房を造らせた方がいいだろうか」

「そういえば、膳房長が茶房の再開を申請していました。菓子とお茶は切り離してはならぬもの。茶師を求めさせて、瑪麗に清国の茶を学ばせるのはどうでしょうか」

「そういえば、茶師の李《り》太監が辞めたあとは、誰も入れてなかったな。西園の杏花庵《きょうかあん》も廃屋のようになっていたぞ」

「李太監が住まいにしていた杏花庵ですか。中院の茶房は物置になってますから、杏花庵を改装するほうが、早そうですね」

　永璘は何やら思いついて、ぱっとマリーにふり向いた。

「マリー、使用人の長屋には、法国《フランス》から持ち帰った荷物の置き場がないと困っていたな。杏花庵に洋風の竈を作って、甜心茶房に改築し、そこに移り住んではどうだ？」

オーブン付の部屋が与えられるのは嬉しい。しかし、厨房を追い出された上に、長屋からも出てしまったら、仲の良かった使用人たちと疎遠《そえん》になり、厨師の修業がますます遠ざかってしまう。

マリーは暗澹《あんたん》たる気持ちになった。

「厨房には、戻れないのですか。清国の甜心も学びたいのですが」

「ほとぼりが冷めるまでは、厨房から離れていた方がいい。謹慎といってても長屋ではすることもなく退屈だろうから、杏花庵でお菓子作りに励んでいなさい」

主人夫婦が決めたことに、逆らえる立場ではない。

細かいことにこだわらない永璘が、マリーの処遇についてあれこれと考えてくれているのは、やはり厨房での騒動を深刻に捉えているからだろう。自分が初っぱなから悪手を打って墓穴を掘ったのだから、いまはおとなしく配置転換を受け入れることにした。

「あの、でも、下女部屋から通う形にしていいですか」

おそるおそる訊ねてみる。庭の一軒家を授かったなどと知られたら、玉の輿《こし》のお部屋様などと、使用人たちの噂の的になってしまう。

思いがけなく鈕祜祿《ニオフル》氏は微笑んで「もちろんです」とうなずいてくれた。

「いくら王府内といっても、西園は人気がなくて女所帯では夜が怖いでしょう。それに、まだ寒い季節にはひとりで住めるものではありません。でも春になれば、杏花庵で茶菓をいただくのが楽しみですね」

意外と早く、自分の店を持つのと似た体験ができるようだ。客が主人夫婦だけでは商売にはならないが。

高厨師に師事できなくなるのは非常に残念だが、謹慎にかこつけて、思い切りフランスの菓子を作れる自分だけの台所が、急に実現することは悪くない。

「後院に満席の膳房、中院には漢席の膳房が落成したら、現在の厨房を洋風の甜心房に改装しようと思っていたが、それではずいぶんと先のことになってしまう。杏花庵の台所なら、小さな洋風竈をすぐにでも設置できる。マリー、すぐに改装させるから、できあがり次第、コロンとした菓子を作ってくれるか」

「マカロンですね。できあがったオーブンの特性に慣れるのが先ですが」

自分専用の台所ができることに、心が弾んでしまうのは止められない。自分のあまりの現金さに、心労をかけた高厨師に申し訳なく、マリーは反省してゆるむ頬を両手で押さえた。

「うれしいか」

自分の方がうれしそうに永璘が訊ねる。マリーはこくんとうなずいた。

「嫌なことや困ったことがあっても、いいことがすぐに巡ってくるの、不思議ですね」

永璘もうなずき返す。

触れだ」

「それは、塞翁《さいおう》が馬というのだ。良いことは悪いことの兆《きざ》しで、悪いことは良いことの前

「え、それじゃ——」

マリーは手放しで喜べないことに気づいた。

「いいことが起きても、すぐに悪いことが巡ってくるってことですよ」

眉の両端を下げて、マリーは肩を落とした。鈕祜禄《ニオフル》氏が楽しげに笑う。

「人生とはそういうものですよ。良いことがあっても舞い上がって驕《おご》らず、悪いことが続いても恨まず、おのれの分を守ってゆけばよいのです」

待ちかねた初子が、生まれてすぐに亡くなった経験のせいであろうか。若いのに、ずいぶんと悟《さと》ったことを言って、鈕祜禄《ニオフル》氏は夫と顔を見合わせて笑う。

皇族に生まれながら、あまり高みを望まず、持って生まれた才能を隠してしまう永璘と、名門旗人のお姫様なのに威張ったところのない、ふわふわと親しみやすい鈕祜禄《ニオフル》氏。

似合いの夫婦だな、とマリーは思った。

＊　＊　＊

いつも通り、日の出の一刻半も前に目を覚《さ》ましたマリーだったが、今朝からは高厨師や弟子よりも先に、厨房に出勤しなくてもいい。それどころか、まる一日、そして明日も

あさっても厨房に行く必要がなかった。

あれだけの騒動になったのだから、マリーの身の安全を考慮して、とりあえず厨房から切り離してしまおうと永璘が判断したことは、正しかったのかも知れない。しかし、厨房の出入りを禁じられたということは、マリーに非があったのを認めてしまうようで、非常に癪《しゃく》ではある。

いったん起き上がり、ふたたび仰向《あおむ》けに布団に倒れ込んだマリーに、隣で寝ていた小蓮《しょうれん》が目を覚まし、気遣わしげな声をかけた。

「謹慎なんて、すぐに解けるよ。前もそうだったよね」

幼い公主に、フランス菓子のウーブリを食べられてしまい、砂糖の摂《と》りすぎと、初めて見《み》たバレエのステップに魅せられた公主がはしゃぎまわり、言葉の壁による誤解も問題を大きくして、大変な騒動になったことがある。そのときも、公主に呪いをかけたのではという嫌疑をかけられたマリーは、疑いが晴れるまで謹慎させられた。

「今回はどうかなぁ。けっこう根が深そう。厨師になりたい女が目障《めざわ》りだと思っていた男のひとたちの不満が、一気に噴き出した感じだった。すごく怖かった」

起きだしてきた小菊《しょうぎく》や小杏《しょうあん》も、すぐには床《とこ》を出ずにマリーの告白に耳を傾ける。小蓮は、マリーの肩に手を置いて励ました。

「私も、自分と同い年の女の子が厨師になりたいだなんて、とんでもないことを言い出す人だなぁ、って瑪麗《マリー》のこと思ってたけど、男のひとたちに負けないくらい働くし、いっぱい知識はあるし、お菓子もおいしいし、高厨師も嫡福晋の奥さまもお認めになっていたじゃない？　さすがにわざわざ異国から老爺《ラオイエ》が連れて帰った厨師の卵なんだなぁ、って応援していたんだよ。女でも実力があれば職人として認めてもらえるんだ、って」

「そうは思わない厨師の方が多かった、ってことだよ。巴旦杏《はたんきょう》の香料を毒だって言い出した王厨師は、瑪麗《マリー》を追い出す好機だと思ったのかもしれないね」

年上で邸勤めが小蓮よりも長い小菊は、同情の励ましよりも現実的な意見を言う。

「まさか老爺がお出ましになって、上役の高厨師に火の粉が降りかかるとは思わなかったんでしょうけど」

小杏が相槌を打つ。小菊があとを引き取った。

「瑪麗の言うとおり、新入りの王厨師の尻馬に乗って騒ぎを広げた他の厨師たちの『厨房に女をいれたくない』、っていう本音が、透けて見えた感じね」

「点心局の高厨師とみんなは親切だったけど、老爺の命令で仕方なくいっしょに働いてくれたのかな」

王厨師が来てから、マリーにそっけなく対応するようになっていた燕児を思い出して、ますます男性不信に落ち込んでいく。永璘が即断でマリーに謹慎を命じたのは、厨師や使用人が正房《おもや》まで大挙して押し寄せたことに、心底驚いたからかもしれない。

ささいなことで厨師たちの不満に火がつき、マリーの身に危険が及ぶのを怖れただけではなく、集団の圧力によってかれの権威が損なわれたとも感じたのではないか。

「ああ、そう」

マリーは布団をはねのけて、炕から飛び降りた。床《とこ》の中でいろいろ悩んだり、同僚を疑ったり、まともに本音を言わない相手の心境を忖度《そんたく》してみても、なんの解決にもなりはしない。

どうせ邸内にいてもすることはないのだ。マリーはよそ行きの旗服をひっぱりだし、髪を両把頭に結って外出の支度をすませたところに、官服を隙なく着こなし、官帽を被った鄭凛華が迎えにきた。帯に下げたいつもの筆記用具に加え、小脇に丸めた大判の紙束をはさんでいる。

「趙小姐《ちょうシャオジエ》、でかけるところでしたか」

「ええ、まあ」

「急ぎの用事か約束があるのでなければ、私と来てもらいたいのですが」

気晴らしに教堂へ入って礼拝し、なにか珍しいスパイスでも探しに市場に行こうと思っていただけだ。

「いいですよ」

鄭凛華は西園へ直行し、杏花庵にマリーを連れてきた。そこには黄丹《こうたん》も待っていた。

「この、煉瓦――。オーブンのですか」

積み上げられた赤い煉瓦を前にして目を丸くするマリーに、鄭はにっこりと微笑んでうなずいた。

「教堂の厨房にあるのと同じような竈を造るには足りませんが、老爺《ラオイエ》のご命令で、いま買い集められる煉瓦を急ぎ取り寄せてみました。杏花庵の厨房に家庭用の竈なら、充分ではないかと思います」

フランスでは、パンの焼ける石窯を個人で所有する家はほとんどなかったが、父親がパティシエであったことから、マリーの家には小さな石窯があった。あの大きさのオーブンなら、目の前に詰まれた煉瓦があれば、充分であろうと思われる。

「そういえば鄭さん、洋式のオーブンは、窯って呼ぶ方がしっくりくるって、老爺がおっしゃってました」

鄭は煉瓦と設計図を交互に見て、うんうんとうなずく。

「そういえば、教堂の厨房で初めて見たときは、私もそう思いました。そこで、城壁の煉瓦を積む石工だけではなく、陶磁器などの窯を造る職人を呼んであります。マリー、この小屋のどこに窯を造りたいですか」

マリーは改めて小屋の台所を眺め回した。

「竈は、お湯を沸かしたり、餡を煮詰めたり、揚げ菓子を作ったりするのに必要なので、残しておきたいです。調理台をここに置くとして、そうするとオーブンを置いてなおかつ作業ができる空間がとれませんね」

マリーは広くもない台所をひとまわりし、前室に足を踏み入れて考え込む。

「こちら側にオーブンの後ろがはみ出しても仕方ないですね。煙突はこちらの屋根に抜け

[illegible]そうすると屋根が藁葺きだから火事になっちゃう」

「それについては、天主教堂の宣教師に問い合わせてきました。藁葺き屋根の家に石窯を設置できるのかと。欧州の田舎家には、藁葺き屋根に煖炉のある住宅があるそうです。いくつかの解決方法を教えてもらったので、なんとかなるでしょう。煙突部分の壁を、かなり厚く、高くしなくてはならないそうですが」

　鄭とマリーが計画を詰めていると、工夫《こうふ》が集まってきた。鄭の指示に従って、作業を始めていく。工夫らの仕事を見守っていたマリーは、置物のように隅にぽつねんと立つ黄丹は、なんのためにここにいるのかと、不思議に思って声をかけた。

「あの、寒くないですか。お邸に戻られたほうが」

　黄丹は気遣う言葉をかけられたことにびっくりして、目をパチパチさせた。

「いえ、鄭書童さんか、趙小姐のご用があるときのために、控えております。老爺への伝言ですとか、休憩にお茶など必要でしたらご用意します」

「はあ、どうもありがとうございます。あ、それなら、工夫さんたちのお茶と点心をもらってきましょうか。人数も多いから、私もいっしょに行きます。鄭さん、あとをお願いします」

　マリーは鄭に声をかけ、黄丹と厨房へ向かった。

　黄丹は小屋へとふり返り、ふり返り、ゆっくり歩く。

「黄丹さんは、杏花庵に思い入れがあるのね」

「奴才《やつがれ》の師父が、晩年はあの小屋に住んでいたのです」

黄丹は少し切なそうな口調で答える。

「前任の茶師だったという、李太監？」

「はい」黄丹は膝を曲げる独特の歩き方で、さらに腰を低くして答える。

「あの杏花庵で亡くなられたの？」

「いえ、病を得た太監は、お勤めを辞して寺へ移ります。老爺《ラオイエ》は杏花庵にいてもいいと師父におっしゃってくださったのですが、李太監が固辞されまして。奴才は師父が亡くなるまで、老爺の遺い物を李太監のお寺へ届ける役をさせてもらいました」

「その李太監からお茶を教わったのに、黄丹さんが茶師にならないの」

黄丹はかぶりをふった。

「奴才は、あまり鼻が利かないので茶師にはなれないのです。それに、読み書きもできませんから、茶葉の目録の管理もできません。李太監に教えを受けて、茶房を継ぐ予定であった太監は、老爺に従って渡欧したのですが、帰国できませんでした」

マリーは口を閉ざした。

影のように永璘の側に控え、いつもお茶を淹れていた青年――といっても三十路は過ぎていたように見えた――は、帰国を果たせなかった。

永璘に従っていたふたりの太監は、どちらも旅の途上で命が尽きてしまったのだ。

マリーは目を閉じ、胸の内で十字を切った。かれらの魂に安息のあらんことを。

ひとりは銃弾に斃れ、もうひとりは船上で病を得て。ふたりの太監だけではなく、永璘の随員の全員がパリから生還できたわけではなかった。いまは何事もなかったような顔で永璘に仕える何雨林《かうりん》もまた、パリ脱出時に肩に傷を負った。

黄丹はかつての同僚を襲った運命を知っているのかどうか、マリーには聞き出す勇気がなかった。

「ふり返ってみれば、生きて清国へたどり着けたことが、奇跡のように思えるときがあります」

ロザリオを隠した胸に手を当て、マリーは告白する。黄丹は口元に笑みを刷《は》いて、うつむいた頭をいっそう下げて言葉を返す。

「老爺も、奴才にそうおっしゃっておいででした」

家塾院の小庭《げんしゅく》を巡って厨房にいたる。

マリーは厳粛な気持ちになって、黄丹のあとについて歩いた。

菓子職人見習いのマリーと、甜心茶房

文字通りの突貫工事に、元日の昼には杏花庵の改築が終わった。

邸の中からも外からも、春節を祝う爆竹の音が激しく鳴り響く中、マリーは急いで西園へと急ぐ。

片側の壁は半分近くが煉瓦造りで、そちらの角度からは一見して洋風のコテージを思わせる。内装も、入って正面に西洋式の窯が幅を利かせ、煉瓦で覆われた壁と煙突がかなりの空間を占めていた。

「窯の中はかなりの高温になるため、用意された煉瓦では、小屋の壁が熱くなりすぎるだろうと石工が言うので、使える煉瓦は全部使って、木造の小屋が燃えてしまわない対策は尽くしました」

鄭が丁寧に説明をしてくれる。

「石工によれば、窯自体も長くは持たないだろうということです。窯や煙突の内側には、素材からして異なる耐熱煉瓦を敷き詰める必要があるそうですね。このたびは妹公主の誕生日に間に合わせるようにとの老爺《ラオイエ》の命令なので、本格的洋式茶房はあとで建てることにして、とりあえず落成させました」

さすがにお金のある人間は、使うところが違うなぁとマリーは感心する。

マリーが窯の中をのぞきこみ、高さや幅を検分していると、永璘と鈕祜祿《ニオフル》氏もやってきて、新しい茶房に足を踏み入れた。背後で鄭がさきほどの説明を繰り返している。

「どうだ、何か作れそうか」

「公主さまのお誕生日って、あさってでしたね。それにしても、石工さんたち、年末年始たのに、よく働いてくれましたね」

「報酬を三倍にしたら、引き受けてくれた。私はやると決めたらやり遂《と》げる」

永璘は満面に笑みを浮かべて言い切った。

「やり遂げたのは、石工のみなさんですけどね」

マリーは小声でつぶやく。それでもお金を出してくれたことには、感謝の言葉を添えた。

「ありがとうございます」

「それで、マカロン以外では、妹公主が喜びそうな菓子は、何ができる？」

永璘は我慢できない子どものように訊ねてくる。

「アーモンド抜きで作れるお菓子をいくつかは考えてますけど、二日の間にオーブンの特性がつかめるかどうか、ちょっと難しいところですね。鄭さんに言われるまで、家や職場のオーブン内壁の素材とか、熱耐性とか断熱性なんて、考えたこともなかったです。ホテル厨房のオーブンのほうが、自宅のよりきれいにしっかり焼けるなぁ、くらいで」

「見習いなのだから、仕方がないな」

永璘はいかにもものがわかったようにうなずく。

鈕祜祿《ニオフル》氏は毛皮の耳当てと手袋で顔のほとんどを覆《おお》い隠して寒さに耐え、初めて見る巨大な石窯に目を奪われている。見た目の煉瓦壁は、防災のために分厚くしてあるだけで、焼き窯の庫内は家庭用の広さしかないのではあるが。

鄭と黄丹に伴われて、マリーは下女部屋へトランクを取りに行く。

相変わらずあちこちで爆竹のはぜる音が続いている。

羽根蹴りで遊んでいた小蓮や小菊は、マリーの姿を見て駆け寄ってきた。荷物を運び出すマリーを見て、すわ引っ越しか、厨房を締め出されたものの温情を賜ってお部屋を与えられたのかと、すがりついてきそうな勢いで質問攻めにされる。

「ここから出て行くわけじゃないよ。洋菓子用の厨房に、料理の道具を持って行くだけ。ずっと置かせてもらって、炕を狭くしていてごめんね」

「洋菓子用の厨房？」

小菊たちは、声をそろえてオウム返しに訊ねる。

「西園にある小屋。そこに台所があるから、謹慎が解けるまでお菓子を作ってていいって、老爺《ラオイエ》と奥さまの許可をいただいたの」

「へぇえ。がんばってねぇ！」

ふたたび感嘆の声を合唱して、マリーを送り出した。

杏花庵は、夕刻に絵を描いていた永璘を訪れたときよりも、過ごしやすく感じた。隙間風もあまり感じないのは、改装のときに修繕もされたからだろう。

前室であったところも、片側は煉瓦が剝き出しの壁となり、もう一方の壁には注文しておいた、卵、砂糖、小麦粉、季節の果物、堅果類、バター、チーズ等、とにかくお菓子に使えそうで手に入る材料が並んでいる。

黄丹がせっせと薪と水を運び、お茶を淹れてくれる。

奥の部屋の炕に父親のトランクを開け、卓にレシピを並べて、マリーは一枚一枚をゆっくりと読み返した。

気がつくと、すでに夕方だ。お菓子を試作できるのは、明日の一日しかない。

マリーはレシピの整理を終えると、まぶたをぐりぐりともんで目の凝《こ》りをほぐした。

きちんと束ねて袋に戻し、脇に抱えて立ち上がる。台所では、竈の横に置いた椅子に腰かけて居眠りをしていた黄丹が、物音に驚いて立ち上がり、竈から提灯《ちょうちん》に火を移して、マリーを長屋へと送っていった。

翌朝、東の空が明るみを帯《お》びてすぐ、マリーは杏花庵へ向かった。戸外の厳しい寒さにかかわらず、小屋の中は暖かい。もとからある竈には熾火《おきび》が残り、積み重ねられた煉瓦は触れるとほんのりと温《ぬく》もりがある。焼き窯の鉄扉を開くと、その中にも温かな灰がうずくまっている。鉄の火箸で灰を掻くと、埋もれていた熾火《おきび》が姿を見せた。マリーは焚き付けの木切れを足した。

奥の部屋には、黄丹が炕の上で丸くなり、いびきをかいて眠っていた。煉瓦を接着する水泥《セメント》を乾かすために、徹夜で火を焚き、小屋を暖めていてくれたのだ。厨房から持ってきた朝の点心を黄丹の枕元に置いて、マリーは菓子作りに取りかかった。

できたばかりの石窯のオーブンがちゃんと機能するのか、お菓子がちゃんと焼けるのか、マリーには予想もつかない。

折り込みパイ生地を作り、大きく広げて、加熱したオーブンに入れる。時間を計りつつ、バターの香ばしい香りが小屋じゅうに漂ったころ、きつね色のパイを取り出した。調理台に置き、焼き上がりから庫内の温度バランスを見る。

「とりあえずの用は果たしてくれそうね。ホテルで働いていたときに、オーブンの構造とか煉瓦の素材について、ちゃんと勉強しておくべきだったな」

まさか家庭用サイズのオーブンを永璘がポンと造ってくれるとは、想像もしていなかったのだから、仕方がない。

それにしても、妹の誕生日に珍しい菓子を贈りたいというだけの理由で、ここでは誰も見たことのないオーブンを三日で造らせてしまうのだ。

よほど妹のことが可愛いのだな、どんな公主なのだろう、とひとりっ子のマリーは少しうらやましくなる。

爆竹の音を遠くに聞きながら、マリーは記憶の中のレシピと、手元にある材料でできるタルトやパイ、ガトーを作っていく。

陽も高くなったころ、甘い匂いと物音に目を覚ました黄丹が、目をこすりながら奥の部屋から出てきた。

目を丸くして卓の上に並んだ洋菓子を眺める。

「朝ご飯にしましょうか」

マリーがにっこりと笑って、温めた牛乳を差し出した。

黄丹は恐る恐る白い飲み物に口をつけ、少し呑み込んだが、はっきりしない表情で首をかしげる。

「やっぱり、においがだめかしら。でも蜂蜜《はちみつ》を入れたらどう？」

マリーは壺からひとすくいの蜂蜜を黄丹のカップに入れて混ぜた。濃厚な牛乳と蜂蜜の甘みには、極寒の季節の徹夜明けに、体が欲していた栄養がたっぷりあったようで、黄丹はごくごくと飲み干した。

「味とかにおいはともかく、体には良さそうです。良薬は口に苦しといいますが、これは苦くも不味《まず》くもないです」

上唇に添って白い口髭《くちひげ》が生えたような顔で、真面目に感想を述べる黄丹に、マリーは微笑み返す。

「カスタードのタルトをどうぞ」

卵の黄色も鮮やかなカスタードタルトを切り分けたところに、「おーい」と外から呼びかける声があった。

「燕児？　どしたの、厨房を抜けて大丈夫？」

扉を開けてみれば、三段重ねの提盒《おかもち》を片手に燕児が立っている。

「正月は使用人も帰省して出す料理も少ないし、作り置きを出せばいいだけだから、そんなに忙しくない。それより、瑪麗《マリー》。朝の点心だけ持って行って、朝食は取りに来なかっただろう。飯をちゃんと食わずに甘いもんばかり食ってたら、体を壊す」

差し出された提盒からは、肉料理や野菜料理のよい香りが立ち上ってくる。

「どうもありがとう」

マリーが提盒を受け取って礼を言ったあとも、燕児はすぐに立ち去らずそわそわしている。話に聞く洋風の厨房を見たいのだろう。

「オーブンの具合を見るために、たくさんお菓子を作ってみたの。食べてみる？」

「おう。でも、いいのか」

夜の厨房にふたりでいたことで、王厨師にお目玉を食ったことを思い出す。洋の東西を問わず、未婚の男女がふたりきりで小屋にいることは、道徳上よろしくないことであった。

「太監の黄丹さんもお手伝いに来てくれているの。せっかくだから、三人でお茶にしましょう」

燕児はマリーの肩越しに、黄丹の小柄な姿を認めて、ほっとしたようすで杏花庵に入る。そして、天井までの壁一面を覆う煉瓦の石窯を、珍しげに見上げた。

「すげえな。外の壁みたいだ」

黄丹が渡された提盒から、野菜炒めと焙り肉、卵焼きに海鮮湯を卓に並べ、白飯を碗に盛って箸を置く間、マリーはオーブンの扉を開けて、中からリンゴのタルトを出して燕児に見せた。

「これ、午後のお茶に厨房のみんなで食べてもらって」

薄く切ったリンゴを少しずつずらしながら円を描くように重ねたタルトは、飴色に焼き

[illegible]と、タルトの底に敷かれたカスタードクリームの香りが、鼻と胃袋を刺激する。

「老爺《ラオイエ》の妹公主にお出しする甜心は、どうするんだ」

「それは、これから。オーブンの特性がわかって、お菓子作りの勘が戻ってきてから。生地の厚いガトーやパンは、中まで火の通る時間がまだよくわからないから、公主さまにお出しするのは失敗がなく、すぐに焼けるお菓子がいいかなと思って」

「雲彩蛋餅乾《ユンサイダンビーガン》みたいなやつか」

泡立てた卵白と卵黄と小麦粉で、さっくりと焼き上げるビスキュイ・ア・ラ・キュイエールはすでに慶貝勒《けいベイレ》府の甜心目録に載っている。

「誕生日会にお出しするものだから、もう少し見栄《みば》えのするお菓子にする」

マリーはハァ、とため息をついた。

「バニラ豆があればいいのになぁ」

「洋風の菓子を作りたくても、ないものばかりだな。それでもこれだけ作れたらたいしたものだ。これから宴会でも始まりそうじゃないか」

調理台に並んだ洋菓子を指して、燕児が笑った。マリーは照れ笑いを浮かべる。

「自分の自由になる厨房ができて、材料がいっぱいあったら、作りたいお菓子がいっぱい思い浮かんで、もう止まらなくて」

マリーが遅い朝食を食べている間に、菓子をいくつか試食しお茶を飲んだ燕児は、長居はせずに厨房へ戻る。

マリーは午後も試作をいくつか続けたあと、翌日の本番にそなえて、その日は早く寝ることにした。蜜漬けの果物を詰めたタルトを、下女部屋の小菊たちに持ち帰る。

正月三日の朝、黄丹にオーブンと竈の火の番をさせて、マリーは急いで南堂へ行った。生クリームをもらうためだ。アミヨーは不在であったが、話はついていたので、搾《しぼ》りたての牛乳と、牛乳から分離した生クリームをたっぷり分けてもらい、急いで貝勒《ベイレ》府へ戻る。それから、昨日も練習したシュー生地にとりかかった。

水、バター、砂糖、牛乳、塩を分量通り鍋に入れて沸騰させ、火から下ろす。

小麦粉を加えてからふたたび火にかけ、余分な水分を飛ばしてから、前もって溶《と》いて漉《こ》しておいた卵を混ぜ合わせ、天板にスプーンでひとつずつこんもりとのせてゆく。

生地を温めておいたオーブンに入れ、大中小の砂時計を置く。

昨日のうちに、シュー生地がさくっとパリッと焼き上がる時間を、計っておいた。中の砂時計を二回返して砂が落ちたところで、マリーはオーブンの扉を開ける。

ふわふわとふくらみ始めたシューの白い皮が、マリーの目の前でこんがりと淡いきつね色に変わってゆく。

オーブンから取り出し、シューを冷《さ》ましている間にカスタードクリームを作り、生クリームを泡立てる。

外出着に着ぶくれ、時間を気にする黄丹に、もう少しでできますからとなだめて、マリい熱のとれたシューの横に切れ目を入れていく。ひとつひとつ、シューの空洞にカスタードクリームを載せ、泡立てた生クリームをはさみ、仕上げに細かい粉になるまで擂《す》り潰した砂糖を上からふりかけた。

永璘が用意した蓋付きの大きな二段の器に、二十個のシュー・ア・ラ・クレームを並べて、黄丹に渡した。杏花庵の前には、和孝公主の嫁ぎ先へ贈り物を届ける太監が列を作って待っており、黄丹もその一行に加わった。

「転ばないようにね」

マリーは手を振って黄丹らを見送った。

さて。

空虚な時間が訪れた。

大きな仕事をやり遂げた満足感と、心地の良い疲労感。

道具をひととおり洗って片付けたマリーは、奥の部屋にゆき、靴を脱《ぬ》いで炕に上がりこみ、横になって目を閉じた。

あっというまに眠りに落ちてしまう。

目を覚ますと、すでに午後も遅い。下女長屋に戻ろうか、それとも日没までここでレシピの整理を続けようかと考えていると、表ががやがやと騒がしい。

和孝公主の邸で催されている宴に出かけた永璘が、帰宅するにはまだ早い。

ドンドンと扉を叩く音に、マリーは急いで炕をおり、靴を履《は》いて表へと出た。

小菊、小杏、小蓮と、燕児と李兄弟が顔を並べている。

李三が一番前に出て、にかっと満面の笑みを見せた。

「洋風甜心を山ほど作ってるって聞いたから、試食しにきてやったぞ」

マリーは驚いたものの、すぐに微笑み返す。

「試作だから、中には生焼けや焦げたのもあるよ。全部食べてくれるの？」

「もちろんだ」

李二がにやっと笑って応える。

李兄弟は両手に料理を詰めた提盒《おかもち》を持ち、小菊たちは食器を抱えている。がやがやと杏花庵に招かれたマリーの同僚たちは、目を丸くして華洋折衷《せっちゅう》な菓子茶房を眺めて、歓声を上げた。

「素敵！　老爺《ラオイエ》は瑪麗《マリー》のためにこの茶房を造ったの？」

小蓮が興奮して訊ねる。

「妹公主の誕生日に間に合わせるためだって。あちらのお邸で、今日の宴会に贈り物として出す洋風甜心を焼けるオーブンを、三日で造らせたんだよ」

「ああ、和孝公主と老爺はとても仲がよろしいものね」と小菊。

「嘉親王《かしんのう》も、公主が降嫁《こうか》された先がお気に召さなくて、すごく心配なさって、しばらくは食べ物がのどを通らないくらいだったっていうし」と小杏が付け加える。

意味深な目配せに、曖昧にぼかされた語尾を誰も引き取らず、調理台や卓、炕の上に並お正月料理や洋菓子を前に、新年会が始まる。

「椅子が足りないねー」

「小蓮たちは炕に座れよ。おれらは薪に座る」

李二と李三は、割られてない丸太状の薪を外から持ち込んで榻《とう》代わりに腰かけ、二脚しかない椅子をマリーと燕児に譲った。

「清では男女が宴会に同席することはないって聞いたけど、あなたたち、大丈夫？」

マリーは心配して念を押した。

「まあ、そういうのはあるけどども」

小杏が砂糖漬けのサクランボに生クリームをつけて口に放り込む。

「奴僕《ボーイ》の私たちは、いずれは同じ一族か、縁のある家の奴僕に嫁がされるだけだもの」

「相手を選べないの？」

李三が淹れた茶を口に運びながら、マリーは訊ねる。

「老爺《ラオイエ》のご命令で誰を娶《めと》れと言われたら、逆らえないいさ。これ、とろーりさくっとしてうまい！」

李二が余ったシュークリームを頬張りながら、恍惚《こうこつ》として答える。

「それでいいの？」

「いいも悪いもないさ。そういうもんだから。老爺が命じなくても、親が決めた相手と結婚するもんだ。結婚相手の家とは、一生のつきあいだからな。親や主家の選んだ相手なら、間違いはない」

燕児が断言したので、マリーはそれ以上は何も言わずに、海老《えび》と白菜の蒸し餃子を口に入れる。しかし、具も皮も柔らかく蒸し上げられた餃子は、咀嚼《そしやく》しても咀嚼しても、喉にはおりてくれない。

自分で配偶者を選べないのは理不尽な気がするが、では故国ではどうなのかというと、友人たちが婚期を迎える前にパリを離れてしまったマリーには、実のところよくわからない。

父母は双方の両親の反対を押し切って結婚し、それぞれの実家とは、しばらくは絶縁状態であったという。父はやがて両親に許されて、家職を継ぐことを認められたが、母は中華系移民とのつながりを断った。母方の祖父母がマリーの家を訪れるようになったのは、母が病を得て他界する少し前からであった。

両家に認められない結婚は、実家や親族の援助や交際からも断ち切られてしまう。この世界のどの国においても、愛し合うふたりだけの問題ではないしがらみが、いろいろとあるのかもしれない。

ただ、障害を乗り越えて結ばれた両親に愛されて育ったマリーとしては、やはり好きな相手と結ばれて、同じ夢を見て生きていきたいと思う。婚約者であったジャンは、確かに父に選ばれ認められた相手には違いなかったが、プロポーズを受けるかどうかは、マリーの意思で決めたのだ。

[illegible]新年だから問題ない。休みがとれなくて実家に帰れなかった連中は、家族扱いってことだ。その家族が新年に集まって、食ったり飲んだり遊んだりは、ふつうのことだからな。高厨師は大晦日《おおみそか》から今日まで休みで、王厨師は今日と明日は休みで家に帰った。三が日の点心局の責任者はこのおれだから」

浮かない顔で考え込むマリーに、燕児がフルーツタルトを手前で切り分けながら請《う》け合った。

「明日の人手、足りるの？　手伝おうか」

燕児は指についたクリームを舐めて、首を横にふる。

「人手は足りてる。正月は少ない人数で回すよう、ちゃんと他の局と連携しているから。瑪麗《マリー》は謹慎が解けるまで、おとなしくしてろ」

「解けるかなぁ。私って、すごく嫌われてない？　王厨師だけじゃなくて、他の厨師からも」

マリーは不安顔でつぶやき、いままで胸に抱えていたわだかまりについて、点心局の男子たちに訊ねる。

「燕児たちは、外国人で女の私が厨房にいるのは、気にならないの？」

夕食よりも洋菓子を食べ尽くす勢いの李兄弟は、顔についたクリームを手の甲で拭いて、互いの顔を見合わせる。

「はじめは戸惑ったけど、このごろは女だって思ったことない」と李三。

「忙しすぎてなぁ。仕事中に瑪麗《マリー》が男か女かとか、考えている暇がない。瑪麗はてきぱきしてるから、助かるよ。ていうか、女に、っていう以前に、あとから来た徒弟に負けてらんないと思う」と李二。

「燕児は？」

「高厨師が受け入れたんだから、おれがどうこう言えることじゃないだろ。李三が入りたてのころに比べりゃ、よっぽど手がかからないし、安心して仕事を任せられる。まあでも、口が立つのは、玉に疵《きず》かもしれないな。上席の厨師に言い返すのは、男の徒弟だってやらないもんだぞ」

「しかも、王厨師を言い負かしちまうんだからな」

「血管が切れそうなくらい、頭にきてたしなぁ」

李兄弟が間《あい》の手を入れれば、小菊たちが炕の上で笑い転げる。

しかし、燕児は真面目な顔でマリーに忠告した。

「高厨師がいなかったら、王厨師は瑪麗を殴っていたかもしれないぞ。おれだってはじめのころは、厨師に言い訳したり、兄弟子に言い返したりするたびに殴られた。これは上下のけじめで、男とか女とか関係ない。徒弟が師父に逆らえば、罰を喰らうってことは覚えておけよ。瑪麗は老爺《ラオイエ》のお気に入りだから、誰も手を上げないだけだ」

マリーはしゅんとして下をむき、茶碗をじっと見つめる。

「目に余っていたのかな。王厨師に反論して、燕児たちに迷惑をかけていたのなら、ごめんなさい」

「気にすんなよ」と李二。燕児は腕を組んで、言葉を続ける。

「誰が非常識だと言おうと、慶貝勒《けいベイレ》府の点心局のやり方は、高厨師が決めるんだ。王厨師が口を出していいとは、おれは思わない。立場が下だから、王厨師には言えないけど」

マリーは顔を上げて、燕児を見つめた。少なくとも、点心局の同僚は、マリーを嫌っていないことはわかった。まぶたが熱くなり、マリーは袖で目をこする。

「高厨師は瑪麗と王厨師のどちらも庇って、自分が減俸されたんだから、ふたりともこの王府にいる限り、高厨師には頭が上がらないぞ」

そのことは、マリーにもわかっている。高厨師はどちらの肩も持てないし、どちらかを切り捨てることもしない。そのかわりに自分が火の粉を浴びて、なんとかアーモンド騒動を鎮《しず》めようとした。

「いろいろと反省してます。郷に入ったら、郷に従え、っていうものね。女で外国人であることは変えられないけど、謹慎が解けて厨房に戻ることが許されたら、点心局の徒弟として、厨房の決まりは守ります」

マリーは卓に聖書があることを想像して、その上に手を置き、今後は王厨師に口答えをしないことを誓った。

第三話

乾隆帝の末公主

西暦一七九一年二月　乾隆一月
北京内城　永璘邸宅

菓子職人見習いのマリーと、老神父の忠告

マリーが厨房からはじき出され、春節を迎えて数日が過ぎた。

念願の洋風オーブンと自分の台所を手に入れたのに、マリーは気分が晴れない。

毎朝、洋風茶房に改築された杏花庵《きょうかあん》に『出勤』し、黄丹《こうたん》が配達してくれる卵や小麦粉などの材料で洋菓子を作り、永璘《えいりん》の正房《おもや》に運んでもらう。

そして、手元にある材料を使い切ってお菓子を作ってしまえば、あとは日がな一日暇である。真冬で寒さが厳しいというだけでなく、私有地の離れ家《や》なのだから、人通りはなく、マリーのお菓子を食べにくる客が来ないのは道理だ。

マリーは一日の大半をひとりで過ごし、レシピを読み返し、道具を手入れし、小屋の掃除をして、さらに余った時間は漢語の独習などをして過ごす。これまでは周囲に人間が多すぎて開くことのできなかった聖書も、ゆっくりと読み返してみる。

「うー。読めない」

一年と数ヶ月ぶりにトランクの底から引っ張り出した聖書を開き、一頁《ページ》も進まずに机につっぷして、マリーは頭を抱えた。

ひとり娘であったマリーは、将来は家族経営によるパティスリーを目指していた菓子職人の父親に、勘定と分量計算、そしてレシピを書いたり読んだりできるだけの技能は教えられて身につけていたが、長い文章を解読するのは苦手であった。

フランスにいた当時、料理の本のほかには日曜学校で読まされる聖書と、ホテルが客用に仕入れていた新聞が、彼女が触れることのできた文書のすべてだった。

それでも、庶民の多くが看板が読めて自分の名前が書ければ充分という革命前のフランスでは、料理のレシピに加えて簡単な新聞記事が読めるというだけでも、マリーは才女の部類に入る。

庶民が初等教育を受ける機会のなかった当時、マリーが日常的に新聞に目を通す機会があったのは、恵まれた環境だったといえるだろう。もっとも、マリーが読んでいたのは娯楽面だけであったが。

王妃マリー・アントワネットに憧れていたマリーは、王室の記事をむさぼるように読み、切り取って小箱に入れて、取り出しては繰り返し読んでいた。革命前には王室と王妃を中傷誹謗《ひぼう》する記事が増えたのが腹立たしく、新聞を切り抜いてまで集めることはやめてしまったが。

鈕祜祿《ニオフル》氏に高説を披露《ひろう》した欧州の王室事情も、ほとんどは又聞きのゴシップと、ゴシップに満ちた新聞面からだ。議会や外交、経済関係のことになると、難しい上に長い綴《つづ》りの単語が増えてくるので目が拒絶する。王室事情と芸能面だけを読み終わった古新聞は、揚げ物の下に敷くくらいしか使い道はない。

そんなフランス語の新聞すらない清国首都の片隅で、マリーが持っている書籍は、聖書と移民のために編纂《へんさん》された薄くて不完全な仏漢辞書だけだ。知らないフランス語の単語を引いたところで、読めない漢語が並んでいるのだから、母の形見のたった一冊の辞書は、マリーの理解を助けてはくれない。

謹慎中とはいえ、厨房で働けないだけで、邸内を歩き回ることや外出が制限されているわけではない。マリーはお菓子だけを作っていればいい悠々自適な生活に三日で飽き、外出の支度を整えて宣武門《せんぶもん》の横にある天主教の教堂、南堂へと向かった。

午前の礼拝を終えた南堂の礼拝堂は閑散として、アミヨー修道士は不在かと思われた。せっかくなので、顔見知りになっていたポルトガル人宣教師に持ってきたお菓子を差し入れようとしたところ、図書室へと案内してくれた。

アミヨーはそこで書物に埋もれ、ペンを走らせていた。

書き物を続けるアミヨーはとても七十歳を超えた老人とは思えない集中力で、ノックされたことも、扉が開かれたことにも気づかず、ときおり手を休めたかと思うと、手近な書物をめくり、わずかな思考ののちにまたペンを執る。

礼拝や告解のときとはまったく違う、学者としてのアミヨーの後ろ姿に、マリーはそっと退散しようとしたが、案内してくれた修道士がアミヨーに声をかけた。

その前にアミヨーは、マリーの姿を認めるとまぶたをこすり、にこりと笑った。

一昼から来るとは、珍しいな」

アミヨーはペンを置いて肩を揉み、手首を撫でつつ立ち上がった。

「ちょうど、休憩しようと思っていたところだ。また、菓子を持ってきてくれたのかな。根《こん》を詰めると甘い物が欲しくなる。助かるよ」

「いつもより遅い時間になってしまいましたが、まだこちらにいらっしゃるかなと思っていたので、お会いできてうれしいです」

本来は北堂に属するフランス人の修道士アミヨーが、この厳寒の時季までポルトガル伝導団の南堂に入り浸っている理由は、マリーにはわからない。

宣教師の活動については、世界中にキリスト教を広めているが、一部の東アジアでは迫害されてきた、という曖昧な知識しか持ち合わせていないマリーだ。

マリーの育った街の教会の神父は、フランスと自分の属する教派に都合のいいことしか話さなかった。実際に迫害を免《まぬか》れて欧州へ移住した母方の祖先の、双方から聞かされた情報も断片的なものだ。

そのわずかな知識から想像できるのは、海外進出においてしのぎを削ってきたポルトガルとフランスの国家意識は高く、出身国の異なる宣教師もまた、同じ修道会の伝道団でありながらも、あまり仲が良くないという印象だ。

その印象は、それぞれの教堂が伝導団の出身国に分かれて運営されていることからも、補強されてきた。

それゆえに、フランス人のアミヨーが、ポルトガル伝導団の住む南堂に入り浸っているのは不可解なことであった。

フランスの菓子職人の家に生まれ、その家族としてパリの一隅でパティスリーを経営し、一度も母国の外を見ずに生涯《しょうがい》を終えるはずであった十代の少女に、世界規模で展開された布教活動の二世紀半にわたる興隆《こうりゅう》と衰退《すいたい》、そして修道会の廃止後、異郷に取り残された伝道師たちの境遇は、想像もつかない。

アミヨーの属するイエズス会が廃止されてから十七年が過ぎていた。その間に他教派や他国の宣教師との諍《いさか》いが繰り広げられてきただけではない。北京《ペキン》に残されたイエズス会内部では、人事や教会資産の分配における同志の分裂と対立など、聖職者にあるまじき抗争があった。

そして、かれらフランス伝道団最大の支援者であった、ブルボン王家の失墜《しっつい》。

アミヨーとしては、聖職者の堕落《だらく》と、宗教を利用した欧州各国の植民地拡大政策、そして利権争いなどといった話を、信心深いマリーに聞かせる必要性を感じていなかった。

穏やかな笑みを浮かべて、マリーに話しかける。

「昨年中に終わらせたかった翻訳《ほんやく》があってね。北堂では細々とした仕事で呼び出されることが多く、まとまった時間がとれない。昨年こちらの留守居を頼まれたときに、部屋を借りて始めたところ、なんだかんだと他の書き物もここでしてしまうようになってしまい、居着いたような形になっているが」

アミヨーは書机やテーブル、椅子にまでうずたかく積み上げられた書籍の山を身振りで示した。

「これ、全部お読みになったのですか」

マリーは目を瞠《みは》り、感嘆の声を上げた。

「三分の一は、私が翻訳したり、自らの体験や考察を書いたものだ」

表紙のタイトルや開かれた頁から、マリーには高度過ぎる内容であることが知れる。しかも、フランス語だけではなく、ラテン語はもちろん、漢語、韃靼《だったん》語、見たことのない形状の文字で書かれた書籍もあった。

街の教会でも北京でも、壇上から説教をしたり、祭祀《さいし》を執《と》り行ったりする聖職者しか見たことのないマリーだ。アミヨーを、信者の愚痴や告白を根気よく聴いてくれ、悩みの相談に乗ってくれる音楽担当の老神父だとばかり思っていたマリーは、ただただ驚くばかりである。

さきほどの修道士が、マリーの差し入れた菓子を切り分け、お茶を運んできた。

「おお、タルト・タイユヴァンか」

タルト生地に甘く煮詰めたリンゴを並べ、季節の果実と乾果を詰めてスパイスを加え、パイの皮で蓋をして焼いたタルトの一種に、アミヨーは相好を崩した。

マリーは口ごもりながら、言い訳をする。

「材料が色々足りなくて、アーモンドがないので、皮もパートシュクレじゃなくて、普通のパイを被せただけなんですけど」

「バターとスパイスのよい香りがたまらない。貝勒府《ベイレ》で仕入れてもらえるようになったのかな」

　アミヨーは椅子をひとつあけてマリーに勧め、テーブルに積み上げられた書籍を一方に寄せて、茶菓を置かせた。アミヨーは南堂の修道士に礼を言い、自分とマリーの紅茶をカップに注ぐ。

「貝勒府で、なにかあったかね」

　これまでになく手の込んだフランス菓子を持ってきて、手放しで褒められているのにもかかわらず浮かない顔のマリーに、アミヨーは首をかしげた。

　渡されたフォークを両手でもてあそびながら、マリーは厨房を追い出されたことを、なかなか言い出せなかった。なにしろ、料理品評会で王厨師を押さえて三等をとったことを意気軒昂《いきけんこう》に報告してから、たったの半月しか経っていないのだ。

「実はですね、謹慎処分になっておりまして」

　アミヨーはマリーの突然の告白に、目の前のタルトとマリーの意気消沈した表情を見比べる。謹慎中なのに、限りなく伝統的なフランス菓子に近いタルトを作って外出自由とは、どういうことか。

　マリーは、とつとつと事の始まり、アーモンド・エッセンスが引き起こした騒動から話始めた。

[illegible]ラーシを改築して、洋式のオーブンを造ってくれたことはうれしい出来事のはずなのに、厨房から締め出されたことの方がつらい。ときどき言葉がのどにつかえたり、泣きそうになって話を途切れさせてしまうマリーの報告を、アミヨーは一度も遮《さえぎ》らず、最後まで黙って聴いてくれた。

袖の内側のポケットから手巾《ハンカチ》を取り出して顔を拭き、マリーはため息をついた。

「どれだけ努力しても、どんなに実績を積み上げても、報われないことって、あるんでしょうか」

そんなことはない、という励ましの言葉はアミヨーの喉元まで上がったが、そこでせき止められる。

血の滲むような努力も、命がけの挑戦も、報われない実例があまりに多すぎることを、短くない人生で繰り返し見てきた。

まさに、アミヨーの宣教師としての人生がそうではなかったか。

音楽の才能によって選ばれ、北京の宮廷に仕えるはずであったが、音楽観の相違から清国のひとびとに受け入れられず、その道では名を残せなかった。そして宣教師として本来のもっとも重要な使命、東アジアに神の栄光を広めるための布教もまた、二代にわたる皇帝の下した禁教令によって果たすことなく、伝道会の終焉《しゅうえん》を見届けるために、この年まで生きてきたようなものだ。

そして最後にただひとつ残された、祖国フランスによって託された使命もまた、成し遂げる前に伝統ある王家とともに潰《つい》えてしまうのだろうか。

アミヨーはマリーが両手に握りしめた二冊の、使い古した本に目を落とした。

聖書と辞書である。

アミヨーの視線に気づいたマリーは、ぎこちない笑みを浮かべた。

「なにか、導きになる福音《ふくいん》がないかと思って、読み直していたんですが、難しい言葉が多くて――」

マリーは語尾も弱く下を向く。

フランス人でさえ、フランス語に翻訳された聖書が読めないのは、珍しいことではない。そもそも、無学な信者に口頭で福音を告げるのが、神学の修道に人生を捧げた聖職者の務めであった。

だが現在のマリーがおかれた状況を思えば、どの福音ならば、途方に暮れる少女の道を照らす光明となるのか、アミヨーはすぐには思い浮かばなかった。

こういうときにこそ道を示すのが聖職者の役割であるのに、またこうしたときに無数の助言をしてきたはずであるのに、いまこのときのアミヨーには、マリーを導く言葉をなにひとつ思いつくことができない。

マリーが直面する問題の根底に流れる、清国人の潜在的な拒絶意識は、マリーやアミヨーはもちろん、永璘皇子にすら解決できない障害であったからだ。

「先日ははっきりといいそびれたのだが――」

アミヨーは膝の上に両手を組み、ゆっくりと話し始める。

「マリーの作った点心が評価されて、問題は一見解決したように見えた。私も、そのままマリーが貝勒府《ベイレ》の厨房に受け入れられることを願っていたが、もしかしたら、こういう事態もありえるとは思っていた」

マリーは顔を上げて、皺深い修道士の沈痛な面差しを見つめる。ためらいながらも、アミヨーは咳払いののち、ふたたび口を開いた。

「まず、確かめておきたいことがある。マリー、洗礼証明書は持ってきているか」

唐突な質問に、マリーは瞬きを返す。

「暴徒に襲われたときに、家といっしょに燃えてしまったと思います。火が回ったときに、父のレシピとトランクに入る調理器具を持ち出すのに精一杯で、他の財産とか証書類は、置いてきてしまいました」

アミヨーはひどくがっかりしたようすで、嘆息した。

「洗礼証明書があれば、もしかしたら解決するかもしれない、と思ったのだが」

「どういうことですか」

「気を悪くしないで、聞いて欲しい」

アミヨーはひと呼吸置いて、話し始めた。

西洋人の入国《とう》や移住を厳しく規制している清国において、欧亜の混血児はとても珍しい存在である。唐代や元代《げん》に西域から移り住んできた、色目人と呼ばれるトルコやペルシア系白人の子孫もいないわけではない。しかし、より色素の薄い欧州系の西洋人はそのほとんどが聖職者ということもあり、妻帯者は稀《まれ》だ。そして、澳門《マカオ》のヨーロッパ人居留区に住むことを許された貿易商や船乗りは、言うまでもなく男性ばかりである。

マリーは外洋船に乗り合わせた乗客に、女性がとても少なかったことを思い出す。インドに渡航する貴族や富豪の夫に同行する夫人と、その召使いくらいで、その家族も途中の港で降りてしまった。

本国から妻子を呼び寄せるのは、植民地の総督などといった長期に赴任《ふにん》する政府高官や軍官僚、居留地に館を構える富豪の商人くらいだ。当然ながら、居留地に立ち寄る航海士や軍人、兵士はすべて男性であり、港にはかれらを相手にする娼館《しょうかん》がある。

清国における欧亜の混血児というのは、そのほとんどが外国人の船乗りを父親とし、娼婦を母とする子どもたちであった。

「つまり、王《おう》厨師たちは、私のことをどこか港町の娼館で産み落とされた、私生児だと思っているのでしょうか」

バケツいっぱいの汚水を頭からかけられたような汚らわしさに、マリーは息もできなくなる。堪えがたい屈辱感《くつじょくかん》に、手足の皮膚《ひふ》がザワザワと泡立つ。マリーの声と聖書を持つ手が震えた。

神の前に交わされる契約としての結婚を神聖視するあまり、カトリック教会は婚外子の生きる権利を認めない。未婚の男女のあやまちや、親の不倫によって生を受けた子どもた

[illegible]社会からも悪魔の誘惑によって生まれ落ちた罪の子として蔑まれる。

生まれて間もなく洗礼を受け、革命でパリから逃げ出すまでは、社会からはみ出すことなく、敬虔《けいけん》なキリスト教徒として十六年を生きてきたマリーにとって、堪えがたい誤解であり、屈辱だ。

マリーはぎゅっと目を閉じた。

——でも、あの子。通りの向かいに母親とふたりだけで住んでいた、私と同じ名前の、マリー・なんだったっけ。いつも遊んでいたのに、ある日いきなり街からいなくなった。

忘れていた遠い過去の記憶が、『私生児』という言葉が引き金となって脳裏《のうり》に浮かび上がる。

優しくて、面白くて、歌が上手だったマリー・ジョセフィーヌ。母親同士も仲良く行き来があって、いっしょにお菓子を作ったり、家事を手伝ったりと助け合っていた。

母娘が蒸発してしばらく経ってから、マリー・ジョセフィーヌの母親が誰かの愛人であることが知れて、街にいられなくなったことを、おとなたちの噂から知った。

いつも親切で笑顔を絶やさなかった、ふたつ年上の友達マリー・ジョセフィーヌが、おとなたちが言うような、姦淫《かんいん》から生まれた汚らわしい子どもだと、マリーはいまでも信じることができない。

小さなマリーを、姉のように世話をして遊んでくれたマリー・ジョセフィーヌ。

あの母娘は、いまでもマリー・ジョセフィーヌの出生の真実が周囲に知られるたびに、隣人や友人の前から忽然《こつぜん》と姿を消しては、誰も彼女たちを知らないどこかの街角で、早くに父親を亡くした気の毒な母子家庭を演じて、生きているのだろうか。

マリーは非常な自制心でもって、ゆっくりと深呼吸した。手の震えが止まるのを待って、顔を上げる。

「でも、清国にはキリスト教みたいな貞操《ていそう》観念はないんですよね。一夫多妻ですし。母親の違う子どもたちも、庶出だからって意地悪されずに、みんな大事にされて」

砂糖菓子のように大切にされている、永璘の第三妃から生まれた幼い娘を思い出す。

「マリー。貞操観念でいえば、清国には清国の厳しさがある。特に、父親を特定できない娼婦の子に対して清国人が抱える侮蔑《ぶべつ》の情は、憎悪《ぞうお》に近い。我々が姦淫の子に覚える嫌悪《けんお》感《かん》とは比べものにならないのだよ。同族の私生児に対してさえそうなのだから、外国人との混血であればなおさら、根の深い拒絶の情が生まれてくる。洗礼証明書があれば、私が翻訳してマリーが聖なる契約によって定められた、正しい家庭の子女であることを、証明することができるのだが」

マリーは頭が混乱してきた。

——正しい家庭？

正しい家庭とは何を指すのか。マリーの両親の結婚は、誰にも祝福されなかったという。異民族の移民の娘と恋に落ち、結婚を押し切った父は、実の両親に勘当《かんどう》までされたのだ。

[illegible]教会の神にとって承認された『正しい婚姻《こんいん》』ではあったけども、父方の祖母は

い間『これは正しい結婚ではない』と言い続けて、母とマリーを受け入れなかった。

「マリーの教区と教会名を教えてくれれば、私がその教会の司祭に手紙を書こう。洗礼証明書を取り寄せるのに、一年から二年はかかるだろうから、いますぐ現在の状況を解決することはできないが――」

マリーは力なく首を横に振った。

「いいえ、大丈夫です。話を聴いていただいて、どうもありがとうございます」

少しも大丈夫ではない生気のぬけた顔色で、丁寧に礼を言って立ち上がる。うつろな目つきで床を見つめ、暇《いとま》を告げた。

どのようにして礼拝堂まで戻ったのか自覚もないまま、キリスト像に向かって聖句を唱《とな》え十字を切るマリーを、アミヨーが呼び止めた。息が上がっているところをみると、急いで追いかけてきたものらしい。

「これを、持って行きなさい。仏漢辞書と、中華の風俗習慣に関する覚書書だ。私の著作だが、少しは役に立つかもしれない」

アミヨーは洋風に革で装丁《そうてい》された二冊の本を差し出した。マリーは驚いて目を瞠る。

「そんな高価な物、いただけません」

「あげてもいいが、予備もそれほどないので、貸し出すだけということにしておこう。謹慎中はいたずらに動かず、悩まず、おとなしく学びの時間にあてるのがいい」

アミヨーの仏漢辞書は、母が使っていたマリーのそれよりもひとまわり大きく、三倍もの厚さがある。

「いいんですか」

マリーは戸惑いつつ二冊の本からアミヨーの顔へと視線を移す。辞書だけでなく、中華に関する覚書書もかなり厚い。

フランス語でさえ、読むのは怪しく、難しい単語はわからないマリーだ。それでも、綴りを音に出して読めば、思い出せる言葉もある。アミヨーが四十年のあいだ見つめ続けてきた、清国の習慣や風俗を知ることは、これからマリーがここで生きていくのに、きっと役に立つだろう。

「ありがとうございます。勉強します」

先ほどよりは心と感謝のこもった声で礼を言い、マリーはアミヨーに微笑みかけた。


慶《けい》貝勒《ベイレ》府に帰ったマリーは、杏花庵へ直行した。

フランス語の書籍を下女部屋に置いておくわけにいかず、静かに読書できるのはやはり庭園にぽつんと捨てられたように建つコテージだ。午前中に竈やオーブンで燃やされた薪が、まだたっぷりとした熾火で残っていて、小屋全体が暖かい。

奥の部屋にひとの気配がした。仕切りの帳を上げながら、中へ声をかける。

「黄丹さん？」

「黄丹は薪を取りに行っている」

返ってきたのは永璘の声だ。

「リンロン！　来てたんですか？」

驚きの声を上げてから、慌てて膝を軽く折るマリーに、永璘は掌を下に向けて上下に振った。マリーは意味がわからず首をかしげる。

「もっと低く。膝が床につくまで。そして、頭も下げろ。私を目にしたら、まず拝礼してから挨拶の辞を言え」

いままで、ふたりきりのときにそんなことを言われたことがなかったので、マリーは目を瞠って永璘を見つめた。永璘は少し苛立ったようすで、さらに手を下に下げる。マリーは言われたとおりに両膝を地面に落とした。両手を重ねて腿に置こうにも、抱えた本が邪魔になる。本を持ったまま、侍女以下の使用人がするように拝礼した。

「立ちなさい」

マリーは戸惑いながら立ち上がった。永璘はあらたまった口調で説明する。

「そろそろマリーに清国の作法を学ばせるようにと、紅蘭《こうらん》が言うのでな。漢語もかなり上達したことであるし、言葉遣いもこの機会に直した方がよかろう」

「こう……らん、て誰ですか」

「『紅蘭様とは、どなたのことですか』」

永璘の生真面目な表情から、言い直しを命じられたことを察したマリーは、言われたとおりに繰り返す。

「嫡福晋《ちゃくふくしん》の名だ。教えてなかったか」

「聞いてません」

鈕祜祿《ニオフル》氏のおっとりとした微笑を思い出して、マリーは首を横に振った。優しげな外見と穏やかな性格によらず、押しの強い名前だ。

永璘は口を開いて、何も言わずに閉じた。ぞんざいなマリーの返答を、丁寧な言葉遣いに直そうとしたものの、面倒くさくなったようだ。

マリーはすかさず、突然始まった行儀見習いに抗議する。

「上品な言葉や作法は厨房では使いませんし、女らしくすると、いまよりももっと嫌われそうです」

「まだ厨房に戻る気があるのか」

こんな立派な茶房を造ってやったのに、という顔で永璘は室内を見回す。

「修業が半端ですし、フランスに戻れないなら中華の甜心も覚えないと、糕點《ガオディアンシー》師として独立できません」

マリーは断固として言った。

「そうか」

永璘はうなずきながら、炕《かん》に腰を下ろした。マリーは自分もそばの椅子に腰を下ろしていいのかわからず、重たい本を抱えたままで永璘の次の言葉を待った。

そんなマリーにはおかまいなく、永璘は思い出したように立ち上がって、卓に置いた小紐を持ち上げた。艶やかな紐を張った、可愛らしい箱だ。いまの季節に合わせたのか、紅梅の花が刺繡してある。出て行くときにはなかった品なので、永璘が持ち込み、とりあえずそこに置いたものだろう。

「和孝《わこう》公主が雞蛋奶油《ジーダンナイヨウ》を薄い皮に挟んだ洋菓子を喜んで、これを褒美に遣わすようにと預かってきた。あれは美味かったな。残ってないか」

「お誕生日にお作りしたシュー・ア・ラ・クレームですね。もう四日も前のことですよ。いくら真冬だからって、生クリームはもちません。カスタードクリームだけのシュー・ア・ラ・クレームなら、いまから作れないことはないです」

マリーは卓に本を置いて、永璘の問いに答えながら包みを受け取った。小箱を開いてみれば、中には赤い縞瑪瑙《しまめのう》と緑の縞瑪瑙、そして水晶でできた三羽の小鳥を連ねた耳飾りが並んでいる。

「ありがとうございます。でも、私には必要ありません。調理中に落としたらいけないので耳飾りはつけないんです。耳に穴も開けてませんし」

「そうか、それでは意味がないな。簪かなにかに作り替えさせようか」

思案げにそう言ったものの、永璘はハッとして困った顔になる。

「だが、そうするとあさっての宴に間に合わない。いまから耳たぶに穴を開けてはどうだ」

「いいいい、嫌ですよ！　どうして公主さまがおいでになるのに、私が耳に穴を開けないといけないんですか」

マリーにとっては、耳に針を刺すなんて論外である。基本的に痛いことは嫌いだ。

「和孝がそなたに授けた褒美を身につけずに顔を合わせるのは、無礼なことだぞ」

「ふつうにお礼を言えばいいのではありませんか」

永璘はぎゅっと眉を寄せ、声もさらに低く念を押す。

「相手は固倫公主《グルニグンジュ》だ。失礼な態度を取ると首が飛ぶ。和孝を怒らせると私の立場も悪くなるから、充分に礼を尽くさねばならない」

「いきなりそんなことを言われましても！　というか和孝なのか固倫《グルニ》なのか、はっきりしてください」

言い返すマリーの勢いを軽くいなして、永璘は卓へと視線を落とす。

「なんだそれは？」

永璘は不機嫌そうに、洋書と明らかな二冊の書籍をにらみつけた。

「辞書です。と、アミ、あの、銭徳明《チンドウミン》神父さまの書かれた、中華の風俗習慣に関する本です。清国の習慣を勉強すれば、揉め事を起こさなくてすむかもって、神父さまが貸してくださいました」

いっそう不機嫌そうな顔になった永璘は、腕を組んで「ふん」と鼻を鳴らした。

「でもあの、老爺《ラオイエ》は神父さまとはその、交流があるのではないのですか。欧州のお土産を土産なんぞ渡していない。法国の誰ぞから預かった物を届けさせただけだ」

「でも、王様と王妃様の肖像画は――」

「うん？」

　永璘はすっと目を細め、あごを突き出すようにしてその先を促す。促すふりで、実はそれ以上は言わせない圧力をかけてきていることは、さすがにマリーにもわかった。

　本に視線を戻し、話題を変える。

「あの、どうして厨房のみなさんが私のことを嫌うのか、清国ではそんなに女厨師って受け入れられないものか、ってアミヨー神父さまに相談しに行ったんです。アミヨー神父さまは、こちらでは西洋人と清国人との混血はとても珍しいので、もしかしたら西洋人居留地の娼館生まれと思い違いをされているのでは、と言われました。それで、両親の名と洗礼日を記載した洗礼証明書を、フランスから取り寄せてはどうかとも、勧められました」

　永璘は少し驚いたようすで、目を見開いた。それから手を上げて自分の頬からあごへと撫でて、得心したように「ああ、そうか」と小さくつぶやいた。

　扉を開ける音がして、黄丹が薪を抱えて入ってきた。竈の横に積み上げて、ふたたび外へ出て行く。

「あの、シュー・ア・ラ・クレームはありませんけど、昨日試作したマドレーヌならあります。食べますか」

「『お召し上がりになりますか、老爺』です。趙小姐《ちょうシャオジェ》」

訂正したのは永璘でなく、薪を抱えて台所に戻ってきた黄丹だ。返す言葉もなく歯を食いしばったマリーだが、すぐに言われたとおりに言い直した。

「食べるに決まってるだろう。黄丹、湯を沸かせ」

黄丹は短く返事をして、竈に薪を足して湯を沸かし始めた。マリーは作り置きのマドレーヌを皿に出す。茶菓を運ぶ盆の持ち方まで、黄丹に細々と注意をされた。

「どうして急にうるさくなったんですか」

辟易《へきえき》してきたマリーは苦情を言う。

「当家に兄弟姉妹が集まって、内輪で小宴を催すと言ってあっただろう。和孝がぜひともそなたに直接会って、シュー奶油《ナイヨウ》の味を褒めたいそうだ。嘉親王《かしんのう》と成親王《せいしんのう》、ふたりの固倫《グルニ》公主《グンジュ》、そして儀郡王《ぎぐんおう》がそろったところへ出しても、恥ずかしくないような立ち居振る舞いと言葉遣いは身につけてもらわねば」

「さっき、あさって、って言われませんでした？　いきなり言われたって、無理ですよ！」

どうして自分がこんな目に遭うのかと、泣きたい気持ちでマリーは叫んだ。ここ数日でひどく落ち込んでいるところへ、アミヨーに聞かされた話で頭がいっぱいなのに、一日二日ではとても解決不可能な課題を要求される。

「長姉の固倫和敬《わけい》公主は、すでに還暦を過ぎておられる。行儀作法の厳しさは、マリーには祖父母世代と同じものと考えて、丁寧に拝礼と受け答えをするように」

マリーにとって祖父母世代の姉とは、永璘にとっても和孝公主にとっても祖母ほど年が馴れているということだ。それにフランスでは祖父母に拝礼しない。離れて暮らす祖父母には、他人行儀なご挨拶はもちろん必要ではあったが、すぐに無礼講になる。

父が勘当を解かれて祖父母と対面したときに、父親に仕込まれたあちら流の作法も、当時は緊張のあまりどう対処したのか覚えていない。第一たった五歳かそこらのときだ。そのときに感じた緊張と祖母の抱擁《ほうよう》以外のことを、覚えているほうがどうかしている。

もうありとあらゆることが、マリーの頭の中では処理しきれない。マリーは永璘の許可も待たずに、へたへたと椅子に座り込む。

「無理です。無理です。私は自分が作ったお菓子を、お客さんに食べてもらって、自立したパティシエールになりたいだけなんです」

バンバンと卓を叩いて、積もりに積もった鬱憤《うつぷん》を吐き出す。永璘はもくもくとマドレーヌを食べて茶を飲み、「うむ」とうなずいた。

「パリで食べたのと同じ味だ。少し、固いような気がするが、古いのを出したのか」

「昨日作ったマドレーヌです、ってさっき言ったじゃないですか！」

「『先ほど申し上げました』です。趙小姐《シヤオジエ》」と黄丹が背後から訂正する。

マリーは絶望的な気分で卓に突っ伏した。

何もかも投げ出したい気分にまで到達することは、マリーには珍しい。

生まれ故郷の白人社会では、東洋人じみた見た目と母親譲りの中華訛《なま》りなフランス語をどれほど冷笑されてきたか、もはや覚えていない。それでも落ち込んだり投げ出したりしてこなかったのは、マリーという人間を全面的に受け入れてくれた父親と婚約者、幼馴染《おさななじ》みの友人たちがいたからだ。

ブレスト港で、清国へ来いという永璘の誘いに乗っかってしまったのは、家族と職を失っただけではなく、パリの友人たちも離散したことを知っていたからだ。

職を失い革命運動に飛び込んでいった友人もいれば、仕える主人について逃亡、亡命した友人もいた。別の街へ避難したり、伝手《つて》を頼ってパリを脱出、地方へと散った者も少なくない。

なにより、革命によって第三階級の価値観は分裂し、意見の食い違いから対立した。そのために、それまでマリーを取り巻いていた庶民たちの連帯感もまた、崩壊してしまっていた。マリーが失ったのは、フランスの社会の片隅に両親が築き上げ、マリーが努力によって維持してきた、小さな世界そのものだった。

「北京に着いたとき、長い休暇が終わったと言ったのはマリーだぞ。他の使用人に合わせて言葉遣いも正しくしたいと、あのとき言い出したのはマリーだったが、覚えていないのか」

悠然とお茶を飲み干した永璘に淡々と諭《さと》され、マリーは唸るように応える。

「覚えてますよ」

「『覚えております』です。趙小《シャオ》――」

「つかりました！　黄丹さん！　でも明日からにしてください。今日は無理です。何を言われたって頭に入りません！」

マリーは両手を肩の上に広げて、大げさな西洋風の仕草で黄丹を牽制《けんせい》した。

「まあ、茶を飲んで落ち着け。この菓子も、なかなか美味い」

「そりゃ、私が作りましたから」

マリーは顔を上げて、胸を張って応じた。永璘は三つめのマドレーヌを頬張って微笑する。

「まあ、いつかは厨房に戻れるように計らおう。どのようにして石頭の厨師たちを納得させたものかはわからんが。それより、真面目な話、そなたには行儀作法を学ぶ必要がある。そのうち、宮中に上がって、皇上にお目通りということもあろうし」

マリーは驚きのあまりのけぞって、椅子から落ちそうになる。

「皇上って、『皇帝』のことですよね」

両手を広げて合わせ、王冠だか月桂冠《げっけいかん》だかを形作り、頭の上に掲げて見せる。それが戴《たい》冠《かん》を意味する仕草であることが通じたかどうかはともかく、永璘は軽くうなずいた。

「天子《てんし》とも云う。御前に伺候《しこう》するときは、受け答えに命がかかっていると思え」

「老爺《ラオイエ》のお父さまなんでしょう？　こう、もっと家庭的に、和《なご》やかな場を手配していただけませんかね。さもなければお菓子だけ出して、厨房から拝礼しますから。それよりも、どうして私が宮中に上がる必要があるんですか。やめましょう、そうしましょう」

マリーは椅子から降りて膝をつき、両手を揉み絞って懇願《こんがん》した。

「国費で招聘《しょうへい》した異国人の厨師を、皇上にご覧いただかないというわけにはいかないだろう。おおそうだ！」

永璘は素晴らしい閃きを得たという笑顔で、マリーの顔をのぞき込む。

「皇上のお墨付きをいただけば、マリーの出自など誰も気にせず厨房に戻れるぞ。マリーの出自を卑《いや》しめる者は、竜顔《りゅうがん》に泥を塗るも同じ。だれもそなたを私生児などといって侮《あなど》ることはなくなる」

いや私は私生児では、――と言いかけたマリーは、ふっと口をつぐんだ。

マリー・ジョセフィーヌの、最後に会ったときの寂しそうな笑顔が、まぶたに甦《よみがえ》ったからだ。

夕食を告げる母の声に、小さなマリーと少し大きなマリーは、いつもどおりにおやすみを言って、いつもどおりに別れようとした。ただ、その日だけは、マリー・ジョセフィーヌは小さなマリーを呼び止めた。

『なあに？』と訊き返したマリーに、マリー・ジョセフィーヌは小さく首を横に振って、『また、こんどね』と応えた。いつもなら『また、明日ね』と言うはずのマリー・ジョセフィーヌの切なそうな青い瞳を、いまははっきりと思い出せる。

王厨師が、自分の出自をどう誤解していようが、どうでもいい。マリーは私生児だの混血児だのといった、本人には選ぶことのできなかった出自で侮られることの理不尽が、我慢できなくなっていた。

姉妹の子だから、母親が愛人や妾だからどうだというの。婚外子だからといって、どうして何の罪も犯していないマリー・ジョセフィーヌが蔑まれ、出自がばれるたびに引っ越さなくてはならなかったのか。

女には自立して生活できる手段がない。自活に必要な知識や技術を身につける機会がそもそもないために、庇護者たる親や夫を失った女は、娼婦や金持ちの愛人になって、男たちが投げ与えるモノを拾うほかに生きる術はない。それなのに、おとなの都合や社会のひずみから生まれた子どもたちを侮蔑《ぶべつ》し、まともに生きる機会を与えようとしないで、人間扱いさえしてくれない。

「わかりました。でも、あさってまでに清国流の作法だの言葉遣いだのを覚えるのは、現実問題として無理です。時間が必要です」

永璘はいよいよ笑みを満面に広げて、うんと大きくうなずいた。

「和孝公主には、そなたが清国の作法にはまったく通じていないことは伝えてある。その上で、和孝自らがマリーの行儀作法の師を買ってでた。紅蘭にやらせようと思っていたのだが、紅蘭では優しすぎるからどうかと思っていたところなので、ちょうどいい」

マリーは首をかしげた。永璘の妹ならば、それほどマリーと年は変わらないはずだ。

「公主さまは、おいくつなんですか」

「今年で十七になる。そなたより、ひとつ下だ。いや、年の数え方が違うから……同じ年か。いや、ひとつ下でいいのか」

永璘は不確かな顔つきで、指を折った。そしてあきらめたように手を振る。
「まあ、同じ年頃で、双方じゃじゃ馬だから、相性はいいはずだ」
勝手に決めつけて、永璘は立ち去った。

菓子職人見習いのマリーと、固倫和孝公主

和孝公主を主賓《しゅひん》とする、乾隆帝《けんりゅうてい》の皇子と皇女たちの内輪の宴会は、正月の十一日に行われる。マリーは年明けに鄭凜華《ていりんか》にもらった、乾隆五十六年の暦と西洋暦を見比べた。およそ一ヶ月弱の違いがあり、パリではいまごろ二月のど真ん中だ。

北京の冬はパリのそれよりも乾燥していて、降雪はそれほど多くはないが、容赦《ようしゃ》のない寒さが骨に沁みる。それにもかかわらず、相変わらず外で爆竹を鳴らしたり、鞦韆《ぶらんこ》や羽根蹴りなど、人々は戸外に出て春節の残りを楽しんでいた。

昨日のマリーは、鈕祜祿《ニオフル》氏に呼び出されて皇族の前に出たときの挨拶と、和孝公主へのお祝いの言葉を練習させられ、当日は朝から宴に出す洋菓子作りに励む。

いつもより厳重に髪を編み込み、頭をぴったりと布で覆う。両手にそれぞれ抱えたふたつの壺を[illegible]間もなく、李二《りに》が杏花庵に顔を出した。

[illegible]い被せられた布を取り除くと、中には鮮やかな黄色のカスタードクリームが入っていた。

「燕児《えんじ》さんから」

「燕児が？」

　マリーは驚いて壺の中身を見比べた。

「柔らかいのと、固めの。宴の前に公主にご挨拶もするんだろ。失礼のないように着替えもするだろうし、瑪麗《マリー》がどういう菓子を作るか知らないけど、これがあれば時間が節約できるだろうって」

　カスタードクリームはずっと火の側について、かき混ぜないといけないため、他のことができなくなる。ガトーやパイを焼いている間に作ればいいのだが、冷やす時間などの段取りを考えなくていいのはとても助かる。

　細長い竹のスプーンで味をみたマリーは、燕児の心遣いに目頭が熱くなる。

「うわ、おいしい。この間作ったシュー・ア・ラ・クレームも、老爺《ラオイエ》のお妃さまたちにお作りするように言われてたから助かる。もうひとつ作ろうと思ってるお菓子は、少し固めのカスタードクリームを使うとおいしいし。燕児のカスタードクリームは清国人向きだから、本当に助かるよ」

「本当にそう思ってるのか、瑪麗」

　李二は不思議そうにマリーを見つめた。

「本当よ。どうして」

「だってさ、おれたちが西洋菓子の作り方を覚えて、上手く作れるようになったら、瑪麗《マリー》の仕事がなくなっちまうじゃないか」

　マリーはぷっと噴き出しそうになって、慌てて頬を引き締める。

「手持ちのレシピを全部、うんと上手に真似されちゃったら、そりゃ心配かもねぇ。でもそれまでには、私も中華の甜心を、燕児たちより上手に作っているかもよ。この間の豆のお菓子、褒めてくれたじゃない」

　李二は口をパクパクとさせて、にっと笑った。

「そういえば、そうだな。いらない心配だ」

　李二は弟の李三《りさん》より少し大人びた顔で断言した。はじめはマリーと同い年と聞いていたが、西洋と東洋では年の数え方も一年ずれることを知って、ひとつ年下ということがのちに判明した。背はマリーより少し高いが、食事も菓子もよく食べるわりに痩せぎすである。

「そういえば、李二は和孝公主さまと同じ年齢よね。お会いしたことある？」

「あるわけないだろ」

　李二は即答する。

「そっか。どんなお方かなって、緊張しちゃって。ご挨拶だけで帰ってこれたらいいけど、フランスの話とかしろって言われたら、無教養な庶民だってボロが出ちゃう。老爺《ラオイエ》や嫡福晋みたいにおおらかなお方ならともかく、戒親王みたいな堅物だったら、無作法な外……思われて嫌われそう」

マリーは嘆息する。李二はあたりを見回して誰もいないことを確認し、マリーに一歩近づいて小声でささやいた。

「一番下の公主さまは、皇上の一番のお気に入りで、ものすごい跳《は》ねっ返りだって噂だ。去年ご成婚されるまでは男装して狩場を闊《かっ》歩《ぽ》されては、兵士顔負けの弓術や馬術をご自慢にされていたそうだから」

それはいったいどんなジャンヌ・ダルクかと、マリーは思わず目を閉じて想像してしまった。李二はそこでいったん言葉を切り、右手を口に添え、マリーが耳を寄せなくては聞こえないほど声をさらに低くした。

「皇上ご自身が、『この公主が男子であれば太子に立てたのに』ってお嘆きになるほど、聡明で賢いお方らしい」

それはむしろ女帝マリア・テレジア並みの傑女《けつじょ》かと、マリーは口を開けて嘆息した。

ひとつ年下のお転婆《てんば》なお姫さまと永璘が言っていたので、もしかしたら年の近い女同士で階級を超えた友情など築けまいかと思っていたが、畏《おそ》れおおすぎる相手のようだ。

ご挨拶に充分気を遣って、早々に退散しよう、とマリーは決心を固めた。

杏花庵に来て最初に薪を足しておいた石窯は、かなり高温になっている。無駄話をしている暇はないと、マリーは昨夜から寝かせておいた練り込みパイ生地を出して、きれいに拭いた調理台の上に置いた。

李二は立ち去らず、遠慮がちに「手伝うこと、あるか？」と訊ねる。

「厨房の人手は足りてるの？」

「高《こう》厨師に言われたんだ。必要なら手伝ってこいって。公主さまにお出しする甜心に不都合があったら、慶貝勒《けいベイレ》府の名折れだからな。たとえそれが洋菓子でも、瑪麗《マリー》の師父は高厨師なんだから、瑪麗がなんか失敗したら、高厨師の責任になる」

高厨師に、まだ徒弟とみなされていることに希望が見えたマリーは、思わず笑みをこぼす。

「うれしい。けど、昨日のうちに下ごしらえはぜんぶしてあるから、大丈夫。ささっと作って、公主様のお迎えに出られるよ。あ、でも、クレーム・シャンティを作ってくれると助かるかな」

「まかせとけ」

李二は調子よく引き受ける。

マリーが水、砂糖、塩、バターを鍋に溶かし、牛乳を加えて沸騰させている間に、李二は朝一で届けられた生クリームを、たちまち角が立つまで攪拌《かくはん》した。さすがにこういう作業は男の方が早い。

李二はさらに、王厨師が点心局に新人を入れることを提案したが、高厨師は首を縦に振らないことも教えてくれた。

「局長の謹慎が解けて戻ってきたら、今度は人間が多すぎて邪魔になるって、却下《きゃっか》してい

[illegible]そんなに広い厨房でもないし。おれたちも、早く老爺《ラオイエ》のお怒りが解けて瑪麗が戻ってくると助かるんだけどな」

マリーは火から下ろした鍋に小麦粉を混ぜていく手を止めて、李二の顔を見た。

高厨師を始めとする点心局の面々が、マリーを待ってくれているのがうれしい。

だが、永璘はマリーと厨師らが後院に乱入したことを怒って、マリーを謹慎させたのではない。マリーに反感を抱く厨師の多さに驚き、マリーの身の安全を考えて厨房への出入りを禁じたのだ。

「王厨師は、差し入れの洋菓子に口をつける気配はない？」

マリーは不安げに訊ねた。李二は残念そうに首を横に振る。

「ひと口でも食べてくれたら、王厨師も瑪麗の腕がわかるはずだけどなぁ。まあでも豌豆《えんどう》黄《こう》や蕓豆巻《うんとうまき》は食べたんだから、瑪麗には徒弟以上の技と経験があるのはわかってるはずなんだ。女を厨房に入れたくないって意地になってんだろう」

マリーがいないために、徒弟の雑用をもろに被っているであろう李二が、意外と王厨師に批判的なのがありがたい。

「女が嫌い、ってだけかしら。あるひとに聞いたんだけど――」

マリーはアミヨーに言われたことを端折《はしょ》って話した。

李二は少し驚いたようすで「ああ、そうか」とつぶやいて、右手で額をペチリと叩いた。

その表情と反応が、同じ話をしたときの永璘とそっくりだったので、マリーは思わず噴き出しそうになった。当たり前のことを、すっかり失念していた人間の反応だ。

「うーん。それは確かに難しいな。おれたちは、瑪麗《マリー》が老爺《ラオイエ》といっしょに帰ってきたのを知っているから、そんなことはないってはなから思ってたけど、あとから入ってきた連中は疑うよな。でも、こんなに老爺に特別扱いされているのに、瑪麗を厨房から追い出そうっていう王厨師もなかなかの逸物だと思う。味方になってくれたら心強い。がんばって洋菓子を作り続けろよ。毎日持って行ってやるから」

王厨師が食べなかった菓子の処分を、李兄弟が買って出ているのは明白だが、マリーの厨房復帰に協力してくれていることはありがたい。ここは地道なやり方で、根気よく攻めていくしかないのだ。

宴の準備で慌しい邸内のようすを伝えるために、ときどき出入りする黄丹は、マリーの作業に手を貸すことはない。台所の隅に座って、こまごまと働く若い男女を眺めているだけだ。しかし、ふっと時間が空いたり、ふたりが手を休めた隙を狙ったように、温かいお茶を差し出す。

水や薪は黄丹が運んでおいてくれたので、たっぷりとある。

ひと口しかない竈で湯を沸かす必要がないよう、黄丹は茶碗を並べた小卓に、鉄瓶を載せた焜炉《こんろ》を置いて、熱い湯が途切れないように水と炭を足し続けている。

三鉢分のクリームを攪拌し終えた李二は、お茶を出してくれた黄丹に礼を言った。それ[illegible]が食べて良いと言った作り置きの菓子の、どれを食べようかと頭を悩ませる。

固くなってるけど、そのマドレーヌから食べてくれると助かる。表面を軽く焼いて、クレーム・シャンティを挟んだらおいしいよ」

李二は言われたとおりに、マドレーヌを鉄鍋に当てて焼き、自分が泡立てたクリームを挟んでふた口で食べてしまう。はみ出したクリームを口の周りをつけた李二は、白い髭を生やした爺さんのようだ。マリーが笑いながら指摘すると、鼻にまで届きそうな長い舌を出してペロリと舐め取った。

「うわなにそれ。そんな長い舌、初めて見る。気持ち悪い」

マリーは目に涙を溜めて笑い転げた。焼き上げたシューを皿に並べる手が震える。冷ますために隣室へ持って行きたいのに、笑いが止まらない。

李二が厨房へ帰った後は、六回折りたたんで四角く切り、休ませておいたパイ生地をオーブンに入れて焼く。焼けたら取り出し、ふくれて何層にもなったパイに砂糖をふりかけてふたたびオーブンに戻し、甘く香ばしい香りが漂い、きれいな焼き色が出るまで焼く。

「うん。キャラメリゼ成功！」

照りよく褐色《かっしょく》に透き通ったパイの表面に、マリーは満足げにうなずいた。平皿にパイの皮を置き、燕児の作った固めのカスタードクリームを薄く伸ばし、李二の泡立てたクレーム・シャンティを重ねる。二枚目のパイ皮を軽く押しつけるようにして載せ、さらにクリームを重ねてゆく。一番上に三枚目のパイ皮を載せて粉砂糖を振りかけた。

クリーム二色重ねのミルフィーユの他に、マリーは果物好きな清国人の口に合うよう、桃の蜜漬のミルフィーユも作った。カスタードは使わずに、クレーム・シャンティと薄切りの桃で層を作る。こちらは一番上のパイに残りのクリームを丸く載せ、薄切り桃をちょこんと置いた。

桃は縁起物らしいので、祝いの席にはきっと喜ばれると思ったからだ。

黄丹にも確認したので、問題はないだろう。

飾り付けが終わったマリーは、急いでよそいき用の旗服に着替えた。長袍《チャンパオ》とまではいかないが、膝下まで裾が届く無地の旗服は、使用人にとっては正装だ。頭は両把頭《りょうはとう》を結う暇がないので、朝のうちに固めの王冠巻きにしておいた。和孝公主から下された耳飾りは、小菊《しょうぎく》が発揮してくれた手芸技でリボンに縫いつけ、耳のうしろから垂れ下がるよう、三つ編みにリボンを編み込んでくれた。

調理中に髪がほどけて、耳飾りが落ちないように巻き付けておいた布を外し、マリーは鏡をのぞき込んだ。

「ちゃんとついてる」

頬をパンパンと叩いて、赤みを出す。そばかすの散った白い鼻と頬は、清国ではたびたびからかいの対象になるが、厨師が顔に白粉《おしろい》を塗るのも馬鹿げている。マリーは固く絞った手拭いで、丁寧に顔と手を拭いた。

しばらく出ていた黄丹が、息をきらして戻ってきた。

「老爺《ラオイエ》が紅稜大門《こうりょうだいもん》までお迎えに出られました。まもなく皆さまお着きになるでしょう」

「ねえ、黄丹さん、和孝公主さまって、老爺よりもえらいの？　失礼になると首が飛ぶとか、老爺の立場も悪くなるって言って――おっしゃってたけど。固倫《グルニ》ってお名前の一部なの？」

黄丹はマリーを急かしながら、説明を始めた。

「固倫は公主に授けられる爵位《しゃくい》では、もっとも高い位です。本来は皇后がお産みになった公主にのみ授けられる位ですが、皇上の和孝公主へのご寵愛《ちょうあい》はそれはそれは深く、しきたりをお破りになってまで、それまでの和碩《ホショ》公主のお位から、男子の皇族でいえば親王に匹《ひっ》敵《てき》する固倫公主へと爵位をお上げになられたのです」

皇女にも爵位が下されることに、マリーは少し驚く。フランスはどうだったかと思ったが、そこまでの知識はマリーにはなかった。国王の愛人や王妃の友人が爵位を賜っていたことは、ぼんやりと覚えているが。

「和碩公主だと、老爺と同じくらい？」

「いえ、和碩公主は郡王と同等になります」

マリーは天井をにらんで、指を折る。つまりヨーロッパ的には、庶出の妹が公爵で、兄であり皇后を母とする永璘が伯爵というところか。

なにか深いねじれのようなものを感じる。

「そうすると、ご姉妹がふたりとも固倫公主《グルニグンジュ》で、上から年齢順に儀郡王、成親王、嘉親王のお兄さま。つまり、うちの老爺はご兄弟姉妹のなかでは一番格下、ってこと？」

黄丹は眉間を寄せて目尻を下げ、目と眉をそれぞれ八と八の字にして、マリーの問いに是非を応えかねている。男子としては末っ子だから爵位も末ならわかるのだが、九歳も年下の妹が二段階も上にいるのは、さすがの永璘も思うところがあるのではないか。

「和孝公主さまは、特別でございますから。皇上が御年六十五のときにお生まれになったのです。老爺《ラオイエ》のあと九年ぶりに恵まれた御子《おこ》で、公主としては十七年ぶりです。還暦《かんれき》を過ぎて健康な御子を授かった天の恵みに、皇上のうれしさ、かわいさはひとしおでございましたでしょう。しかも、幼いころから才気煥発《さいきかんぱつ》、お顔立ちも皇上にもっとも似ておいでだということで、いつもおそば近くに置かれ、ご鍾愛《しょうあい》されたそうです。そして成人されたときには、もっともお気に入りの、清国一の富豪である臣下の長男を駙馬《ふば》としてお与えになられました。いったい、どのような徳を前世で積めば、女性として何ひとつ欠けることのない、お幸せな生まれ合わせとなるのでしょうね」

黄丹はうっとりとして、和孝公主と乾隆帝の末娘への寵愛《ちょうあい》ぶりを語った。

生まれ変わり云々については、キリスト教徒であるマリーは言及しないことにした。話題をもとに戻す。

「その、皇上はうちの老爺《ラオイエ》のことも、もちろん可愛がってくださったんですよね」

「ええ、それはもちろん！」

断言する前に、少し間が空いたのは気のせいではないはずだ。慶貝勒府《けいベイレ》の主が、他の皇子や親王家の皇族と比べて、いたって凡庸《ぼんよう》であるという評価は、すでにマリーの耳に入っている。マリーには学問や政治のことはわからないが、永璘に天与の才があるとしたら絵であろう。しかし和孝公主が生まれるよりも前に、絵を描くことを父親に禁じられた永璘の少年時代を思うと、もやもやと胸が苦しくなってきた。

マリーはえいっと気合いを入れて、シュー・ア・ラ・クレームとミルフィーユを盛り合わせた提盒《おかもち》を、黄丹と手分けして持った。

一歩戸外に出れば、吸い込んだ冷気で鼻腔も凍りつく北京の寒さである。

元宵節の飾りである、赤い提灯《ちょうちん》をいくつも軒《のき》から等間隔に下げた中院の回廊まで来て、マリーは人の多さにびっくりした。楽団や劇団が過庁にひしめきあって、曲芸や劇舞台の設営におおわらわになっている。人混みを避けて後院の正房《おもや》に菓子を届けると、顔見知りの近侍が受け取って、すでに料理の並んでいる卓へと置いた。

正房から出てきたマリーは、黄丹がついてこないことに気づいて引き返した。

黄丹は料理の並んだ大小の卓から少し離れて、置物のようにじっと立っている。

「私は嫡福晋《シャオジエ》さまの廂房《わきのや》で控えているように言われているけど――」

「奴才《やつがれ》は趙小姐の菓子から目を離さないよう、老爺《ラオイエ》に命じられております」

「どうして？」

黄丹は目をパチクリとさせてから苦笑した。

「趙小姐を敵視する者が、いたずらや嫌がらせを仕掛けないとも、限りませんからね。老爺の顔に泥を塗るような使用人がいるとは思えませんが、新しく雇われた使用人の中には、当家に対する忠誠心の薄い者もいるかもしれません。趙小姐《シャオジエ》は安心して、嫡福晋さまのお部屋で、お控えになっていてください」

マリーは思わず目眩《めまい》がした。やたらと目立つ新入りや、毛色の違う新参が嫌がらせを受けるのは別に珍しいことではない。出る杭《くい》が打たれるのは西も東も同じだ。

ホテルで働き始めたときも、父の縁故と実力主義の上司、気の合う数人の同僚がいたおかげで乗り切ることができた。このときマリーが愕然《がくぜん》とした理由は、菓子に細工されることを警戒し、黄丹に見張るように命じたのが、永璘自身であったということだ。

――リンロンって、意外と苦労人なのかもしれない。

天衣無縫《てんいむほう》の皇子さまかと思っていたが、少し見直した。

「じゃあ、お言葉に甘えて、お願いします」

一番最初に訪れたのは、主賓の固倫和孝公主であると、太監が後院の東廂房《わきのや》へ報告に上がる。鈕祜祿《ニオフル》氏の侍女は後院の回廊に整列して、公主の訪れを迎えた。マリーは列の最後尾に配され、みなの動きを逐一真似する。

鈕祜祿《ニオフル》氏に導かれた若い女性が、後院に姿を現した。

侍女たちは重ねた手を左腿に置いて、地面に膝がつくまで一斉に腰を落とした。マリーも同じようにする。侍女たちは軽く頭を下げて「固倫和孝公主さまのご機嫌を伺います」といったような意味の挨拶を唱和した。マリーは聞き取れず、唱和に追いつかないので、[illegible]口をパクパクさせ、ひたすら横目で他の侍女の動きを追った。

鈕祜祿氏と公主の花盆靴が、カッポカッポとマリーの目の前を通り過ぎる。大きい方の花盆靴の一対が、マリーの前で歩調を落としたが、そのまま行き過ぎた。

公主が鈕祜祿《ニオフル》氏の廂房に上がってしまうと、侍女たちはそれぞれの持ち場に戻る。マリーは鈕祜祿氏おつきの侍女に、廂房についてくるように指図された。

マリーはどきどきしながら、扉の前で髪を撫でつけたり、襟を整えたりした。

呼び出されて中に入ると、鈕祜祿《ニオフル》氏と対面するように卓を挟んで茶を嗜《たしな》んでいた貴婦人が、マリーへと顔を向けた。永璘と似ているが、意志の強さを示すように、目元や口元がさらにきりっとした印象だ。

マリーはどこまで進んでから拝礼していいものか迷ったので、その場で膝を床について先ほど侍女たちが述べた口上を繰り返した。

若く張りのある声が、マリーに話しかける。

「あなたがマリーね。お立ちなさい。十七兄さまから聞いていたとおりだわ。さっき通りかかったときに、髪の色と髪型でそうだろうとは思ったけど、人が多かったから声をかけなかったの。思ったより、きちんと拝礼できるじゃありませんか。行儀作法を教える必要などあります？　お義姉《ねえ》さま」

マリーは目をパチパチさせて、滝のようにしゃべりだす和孝公主を見つめ返した。

肌の艶も、少女らしさを残した目元の若々しさも、マリーとひとつしか違わない十代の女の子だ。しかも、久しぶりに、永璘の側近以外でマリーの名前を正しく発音されるのを聞いて、いっそう和孝公主の顔から目が離せない。マリーの両手にすっぽり収まりそうな小さな顔に、しみもそばかすもない、搾りたての牛乳に浮かぶクリームのような肌。細めに整えられた眉毛の色は、きっぱりとした黒。

和孝公主は、戸惑うマリーに近くへ侍《はべ》るように命じた。肉屋に牽《ひ》かれていく羊のように、マリーはおどおどと公主に会釈して、太監が引いた椅子に腰を下ろした。

公主が動くと、嗅いだことのない、甘やかな香りが漂ってくる。

行儀作法に失礼があったら、慶貝勒《けいベイレ》府を道連れに首が飛ぶと言い聞かされていたマリーは、こんな親しげにされてはどのように応対していいのかわからない。引きつった笑みを浮かべては、それも失礼かと生真面目な顔をしてみたり、膝に置いた両手を組んで握りしめ、必死で鈕祜祿《ニオフル》氏へと助けを求める目配せをした。

「安心して、瑪麗《マリー》。ここは私の部屋ですから、女同士でくつろいだおしゃべりをしてもいいんですよ」

「そのために、早めに来たの。和敬お姉さまや、お兄さま方がいらしたら、お行儀よくしてないと叱られますけどね」

マリーは戸惑いつつも、いまは緊張を解いて良いのかとほっとする。

「ねえ、お義姉さま。お庭にいってもよろしい？　十七兄さまがご自慢なさっていた、西洋式の石窯とやら、わたくしも拝見したいわ」

「……、ううん。でも爰かくしていってね。太監に案内させます」

ありがとうございます。お義姉さま。さあマリー、行きましょう。ご自慢の茶房を見せてちょうだい」

和孝公主はすっくと立ち上がり、マリーの手を取ってぐいぐいと引っ張る。

マリーは「あ」とか「え」とか、口ごもりつつ、どうにかして「はい」と応えているうちに、和孝公主はすでに檐廊《えんろう》まで出ていた。ついさっき逃れてきたばかりの、戸外の冷たい空気がひやりと頬を打つ。

あの底の高い不安定な靴で、いったいどう歩いているのかと思うほどの軽やかな足取りで、大理石の階段を降りていく。永璘の妃たちのように、介添えの侍女も必要ない。

「あの、公主さま。凍っているところもあります。ので、ゆっくりある、あの、ゆっくりとお歩きになった方がいいで、あの、よろしいですよ?」

和孝公主はぴたりと立ち止まり、マリーへとふり返った。

「声も可愛らしいのね。その上、わたくしの足下を心配してくれるなんて、気持ちも優しいこと。作法については、明日からでいいわ。今日のところは、十七兄さまのお相手をしているときと同じようにしゃべって」

先払いの太監を置き去りにして、公主はマリーと手を繋ぎ、勝手知ったる足取りで西園へ続く小径《こみち》へと進んだ。この寒気の中、素手を繋いで歩いていると、冷たい空気を押しのけるように相手の体温が伝わってくる。お姫さまらしく柔らかな手ではあったが、ところどころ指が固く感じるのは、武術も嗜むからだろうか。

「わたくしね、マリーと会うの、とてもとても楽しみにしていたのよ。お兄さまがご自慢なさるから、とっても悔しくって。わたくしも男だったら、国外でも海外でも旅に行けたのに。フランスの王宮って、皇上が円明園《えんめいえん》に造らせた西洋風の宮殿が、まるっきりおもちゃに思えるくらい、とっても豪華で荘厳なんですってね。ほんとうなの？」

青狐の毛皮の帽子と襟巻き、重ね着した長袍《チャンパオ》に毛皮の縁取りをした外套《マント》を羽織《はお》った十五、六の若き公主は、白い息を吐きながら頬を赤くしてマリーに話しかけた。

「円明園の宮殿を見たことがないので、なんとも……」

永璘相手と同じように話せと言われても、マリーは自分の言葉遣いが気になって口ごもる。しかも、相手が自分の思い通りになると頭から決め込んでいる公主に、憧れていた王妃マリー・アントワネットに共通する驕慢《きょうまん》さを見いだし、これぞ王族、とマリーは胸の高鳴りと緊張を覚える。

マリーの知る清国の女性としては、和孝《わこう》公主は異様に歩くのが速い。あっというまに西園を突っ切って、煙突から煙を吐く杏花庵に着いた。壁の三分の一が煉瓦という、珍奇な造りの田舎小屋を、和孝公主は目を輝かせて眺めた。

「これが、西洋風の茶房なの？」

「いえ、ぜんぜん違います。もともとあった中華の田舎小屋に、洋風の窯を造りつけるのに、煉瓦がこれだけ必要だったそうです。よく、知りませんけど」

「ふうん、そうなの。入っていいかしら―

使用人のマリーに許可を求める。この国で一番偉いお姫さまにしては、謙虚というか、礼節を知っている。わがままいっぱいに育てられたというわけでもないようだ。

「もちろんです。あの、手を放してもらっていいですか」

マリーは杏花庵の扉を開いて、公主を中へと案内した。そのころになって、ようやく息を切らして追いついた鈕祜祿《ニオフル》氏つきの太監が、公主の陰に隠れるようにして台所の隅に控える。

まずは壁一面を占領する煉瓦と、その割に小さな石窯の扉と庫内に驚き、質問を浴びせる。作り置きのお菓子や試作品を食べたがり、「それは失敗作なので」「それはもう時間が経って固くなってまして」と、隠してしまおうとするマリーに頓着《とんちゃく》せず、「食べられないわけではないのでしょう？　あとで成功したのを食べれば、違いがわかって面白いわ」と強引に試食を要求する。

厨房の差し入れ用に残しておいたミルフィーユを目敏《めざと》く見つけた公主は、皿に手を伸ばし、食べて良いかと訊ねる。来客に出す菓子は、本来は高厨師にも試食してもらう必要がある。この菓子は点心局が休憩に入ったころに、燕児か李兄弟が取りにくることになっているので、たとえ固倫《グルニグンジュ》公主であろうと食べさせるわけにはいかない。

マリーはきっぱりと断った。

「こちらは師父に試食してもらうミルフィーユです。公主さまやお客様方の分は、正房《おもや》にお持ちしてありますので、そちらでお召し上がりください」

　和孝公主はマリーの真面目な顔をじっと見て、まなじりを吊り上げる。

「このわたくしに向かって、あれもだめ、これもだめ！　十七兄さまのおっしゃる通り、あなたって本当に分を弁《わきま》えないのね」

　目下の者に否と言われたことがない公主は、威圧するようにマリーに近づいた。

　永璘が自分のことを外でそのように話していたことに、マリーは愕然《がくぜん》として言葉をなくす。しかも、十センチは上げ底の靴で、上から見おろされるようにして詰め寄られ、マリーはじりじりと後退《あとじさ》った。

「甜心の一番よくできたおいしいところは、きれいに飾り付けをして、お客様に出しているんです。糕點師《ガオディアンシー》としては、そちらを食べていただきたいです」

　ミルフィーユの前に立ち塞がり、気丈に言い張るマリーに、公主はくすりと笑って身を引いた。

「あなたの勇気に免じて、そのお菓子は食べないでおいてあげるわ。でも早く来すぎてしまって、お腹が空いているの。何か食べさせてくれないかしら。お茶も、お願いね」

　マリーは言われたとおりに、黄丹が置いていた茶瓶に湯を足して、お茶を淹れた。

　宴会前にお腹がふくれても困るだろうと、マリーはパイ生地とシュー生地の余りで作った小ぶりのタルムーズを三つ、皿に載せて公主に差し出す。

[illegible]ぐに蜂蜜を載せ、余った端を折り上げて、三角に成形したタル

卵液を塗った表面がこんがりと艶やかなきつね色に焼き上がり、香ばしいかおりとともに、見るからに食欲をそそる。

　しかし、皿を受け取ったのは公主ではなく、すっと隅から進み出てきた太監であった。マリーに黙礼してから、公主の目前でひとつとって毒味をし、少し経ってから公主の前にふたつ残った皿を置いて、控えの位置に戻った。

　そういえば、永璘と出会った頃も、こうやって太監がいちいち毒味をしていたな、とマリーはぼんやりと思い出す。毒味役の太監が旅の途上で亡くなってからは、永璘は毒味を省略してしまったが。そもそも作ったマリーが一番最初に味見をしてから供するのだから、毒味の必要もなかった。

　どんなにおいしそうなものでも、飛びついて食べるということをしない、誰かが毒味をして安全であると確かめてからでないと、何ひとつ口に入れないことが習慣づいた人生というのは、マリーにはちょっと想像ができない。

　座ってよいとも言われなかったので、マリーは立ったまま横に控えて、初めて食べる洋菓子を、不思議そうな顔つきで味わう和孝公主の顔を眺めた。

「中に入っているのは、奶酪《ナイラー》？」

　生地の間に挟まれた、白くとろりと溶けたチーズを指して訊ねる。

「フロマージュ・ブランといって、牛乳を固めたものです。凝固剤には酢を使い、蜂蜜で甘みを添えました」

謹慎処分中といえど、高厨師が牛乳や乳脂を毎日入荷してくれるので、マリーは余った牛乳でチーズを作る試みを始めていた。

フランスにいたときは、すでにできあがったチーズを業者から仕入れていたこともあり、作り方は漠然としか知らない。うろ覚えの知識で、とりあえず酢を使って凝固させるカッテージチーズから始めたところだ。いわゆる種菌を仕込んだ白チーズまでは到達していないのだが、とりあえずマリーはそう説明した。

和孝公主はハリハリと崩れるタムルーズのパイ皮に苦戦しながら、マリーに故国を離れて清国へ移住を決めたいきさつを訊ねた。これまで、なんども同じ質問に応えてきたマリーの返答は滑らかだ。しかし、予想以上にこまごまと質問されて、マリーはたびたび返答に窮《きゅう》した。

パリ脱出は無我夢中だったこともあり、覚えていない部分も多い。革命からパリを逃れてきた事情は、永璘から聞いているはずなので、話に食い違いがあったら不安なため、あまり断定的なことも言えなかった。

言葉を交わすうちに、高飛車《たかびしゃ》と天真爛漫《てんしんらんまん》がマーブル状に焼き上がったガトーのような和孝公主の人柄に、マリーはだんだんと慣れてきた。なんとなく、敬愛するマリー・アントワネット王妃が十四歳でフランスに輿入《こしい》れした当時は、こうだったのかなと勝手な想像をしてしまう。そう思い始めたら、初対面から振り回されても憎めない心境になっていたの

[illegible]和孝公主に見知らぬ異国に嫁ぎ、馴染めない異郷の文化に耐えなくてはならなかった、いたいけな王女ではない。なんでも自分の思い通りになる祖国の宮廷で、末兄よりも高い爵位にあり権勢を揮《ふる》う、皇帝一番のお気に入り公主である。

そして、マリーが知っている王妃は、すでに三十代半ばの女性であり、四人の子を産み育てた母であった。このように向き合っての会話などもちろんしたことはない。

コンクールの受賞には一方的に褒美と言葉を賜ったのみ。二度目は永璘の通訳としてそこにいただけで、王妃が庶民のマリーに関心を払うはずもなく、マリーが日々の憧れを訴えることができたわけでもなかった。おそらく王妃は、永璘の横でたどたどしい通訳を務めた少女が、自ら指輪を授けた菓子職人見習いであったことなど、気づきもしなかったであろう。

だが、王族のプライバシーが公にされ、舞台俳優か歌手なみに国民の関心と人気を集めていたフランスに生まれ育ったマリーには、動き回る王妃を目にし、その声を聞けたというだけで、身も心も舞い上がってしまうほどの喜びであった。

いま目の前にいる和孝公主を、無垢《むく》な王女であったころのマリー・アントワネットに重ねることで、当時の憧れが再燃してしまう。

近づくことすらできなかった憧れの対象の、その代償《だいしょう》となる存在が目の前にいるのだから、マリーは王女と侍女の寸劇を演じる役者の気分を満喫《まんきつ》した。

あっという間に時が過ぎて、冷気に頬と鼻を赤くした永璘が杏花庵まで和孝公主を迎えに来た。

「和孝、みながそろったぞ。正房《おもや》に戻れ。和敬公主は体調がすぐれないとかで、使者と贈り物を寄越してきたが」

「もうお年でいらっしゃいますし、この寒さですもの。和敬お姉さまの主府には、あとでご挨拶に伺います」

「それがいい」

とても打ち解けた感じで、兄妹は言葉を交わした。マリーは突然、自分が空気になってしまった気がして、身動きも控える。永璘は和孝公主に手を差し伸べ、公主は兄の手を取っておしとやかに立ち上がった。マリーへとふり返る。

「とてもおいしい奶酪《ナイラー》の焼餅《シャオビン》とお茶でした」

そして兄の肘に手をかけ、甘えを滲ませた声で永璘に話しかける。

「お兄さまのお願い、聞いて差し上げます」

「それは良かった。よろしく頼むよ」

にこやかに妹に応えた永璘は、マリーへとふり返る。

「今日のところはマリーも後院に行って、他の使用人といっしょに掛け芝居を観てくるといい」

他の皇子たちへの挨拶は免除されたらしい。マリーは正房《おもや》へと向かう兄と妹のあとにつ後院に行っても、上級の使用人ばかりで親しい同僚も友人もいないマリーは、なんとなく面白くない。曲芸は面白いが、劇の台詞《せりふ》は騒がしい上に言い回しが大仰で、日常的な会話文句とかけはなれているために、よく聞き取れない。

　物語はみながすでに知っている内容がほとんどらしく、見せ場を楽しみにしているだけで、劇の最中なのにおしゃべりに夢中だったり、かけ声で台詞がかき消されたりなど、マリーには内容がさっぱりわからない。歌や演奏は悪くないのだが、聴いているだけで誰も踊り出さない。音楽もリズムの取り方が西洋のそれとは違うので、自然と体が拍子をとるという感覚もなく、マリーはだんだんと退屈してきた。

　こっそり抜け出して、下女部屋に戻ろうとしたマリーは、青い官服姿の鄭凜華がこちらに向かってくるのを見つけた。

「趙小姐《シャオジエ》。楽しんでますか」

「鄭さん。劇はちょっと難しくて、よくわからないです。楽団が来ているのに、誰も踊らないのはなんだかもったいないですね」

　芸人が音楽と踊りを繰り広げる舞台へと目をやった鄭は、くすりと笑った。

「そうですね。歌や踊りを特殊技能と考え、見る娯楽だと思っていればそうは感じませんが、音楽が鳴り出すと貴賤《きせん》にかかわらず一斉に踊り出す人々の国を回ったあとだと、そういう楽しみ方もあるのだなと思います。せっかくですから、あなたが得意のバレエをみなに披露をしてみてはどうですか」

マリーはぶるぶると首を振った。

「バレエは特殊技能ですよ。うんと練習して、先生について学んだ職業ダンサーが舞台で踊るのを、お金を払って観る芸能です」

マリーのバレエは、本物とはほど遠い。きちんと習ったわけではないので、ステップやジャンプもちゃんとできていないし、それぞれの技の名称もうろ覚えなのだから。

祭や結婚式で踊るような、伴奏がなんであれリズムがほぼ整っていて、それぞれの地域《しろ》で振りが決まっているような娯楽用のダンスならともかく、人前で踊ってみせるような代物《もの》ではないのだ。まして、親王皇族が列席しているような場で、恥をかきたくない。

「それは残念です。ところで、趙小姐《シャオジエ》は明日から行儀見習いのために和孝公主様のお邸に通うことになるそうなので、轎《かご》を手配しました。公主様は今日にでも趙小姐を同じ馬車に乗せて連れて帰りたいそうですが、貝勒《ベイレ》はそれはダメだとおっしゃいました」

マリーは白い息をゆっくりと吐きながら、ため息をついた。

「どうして老爺《ラオイエ》は、私の意見や考えを聞かずに、なんでもかんでも勝手に決めちゃうんでしょうか」

「あなたは現在は貝勒に雇われている身の上ですからね。雇い主の意のままに配置されるのは、当然でしょう？」

「鄭さんも？　明日には別の王府で働けって言われたら、そうするの？」

[illegible]は、[illegible]ほのかに微笑んでいるような面差しでうなずく。

「それが宮仕えというものですよ。趙小姐」

　邸に勤めている以上、公私を切り離して考え、行動することができて当然なのだが、永璘との距離が華仏どちらの常識にも当てはまらないことが、マリーが新しい社会規範に馴染むことを難しくしていた。

　おそらくは永璘も同様であったのだろう。だから妻の鈕祜祿《ニオフル》氏ではなく、世帯を別にする妹にマリーの指導を頼んだのだ。

　しかし、そのように反省するマリーを、鄭は苦笑して否定した。

「というよりは、マリーが紫禁城に上がって粗相《そそう》をしても、あなたに作法を教えたのが和孝公主ならば、誰も貝勒と嫡福晋様を非難できませんし、マリーが紫禁城に上がって、皇上に失礼にあたる言動をしても、和孝公主様が命乞《いのちご》いをしてくださるという保障になるわけです」

「命乞いって……」

　マリーはもはや言葉もない。

　西洋には『母親のペチコートの下に隠れて』という言い回しがあるが、永璘は『妹のペチコート』を隠《かく》れ蓑《みの》に自身の責任を免れようというわけだ。

　厨房に戻れるかどうか心配しているところへ、命がけの皇帝拝謁《はいえつ》という難題まで清国で待ち構えていたとは。フランスを発《た》つ前にこの運命を知っていれば、あの日の選択はまた別物であったろうか。

「老爺《ラオイエ》は、こういうことみんな予測しておられたんでしょうか」

鄭は帽子の上から頭を掻く仕草で苦笑する。

「貝勒《ベイレ》は、基本的に臨機応変の方でおられますからね。なんとも」

鄭の口にした四字の熟語は、マリーの脳内で『いきあたりばったり』という平易なフランス語に翻訳された。

菓子職人見習いのマリーと、軍機大臣の息子

マリーは翌朝もお菓子を作ってから、よそ行きの外出着に着替えた。昼が近くなるころに、侍衛の何雨林《かうりん》が迎えに来る。永璘に出す菓子はすでに黄丹が持って行ったので、李兄弟のどちらかが取りにくる厨房用の菓子には覆《おお》いをして台所の調理台に置き、何雨林についていく。

角門では轎《かご》がマリーを待っていた。この椅子ひとつぶんの空間を幌《ほろ》で囲んだ轎は、かなり乗り心地が悪いのだが、高貴あるいは富貴の人間の乗り物だ。

歩いて行けないほど遠いのかと、マリーは何雨林に訊ねた。

「[illegible]の北側にあるので、おおよそ九里くらいです。半刻は歩きますよ」

これくらいなら歩けないことはない。轎の中で寒さに震えているよりは、歩いたほうが体が暖まる。何雨林は仕方ないといった顔で、轎夫《きょうふ》らについてくるように命じた。

「疲れたら、轎に乗ればいいことですからね。轎夫たちの負担も少し減っていいかもしれません」

　マリーは何雨林と話がしたかったので、こうした配慮は単純にうれしい。

「最近の趙小姐《シャオジエ》は苦労しているようですね」

「侍衛さんの詰め所でも、話題になっているんですか」

　マリーは眉を八の字にして、大げさに嘆息した。白い息が煙のように広がり、宙に消える。

「警備上、邸内であった事件や騒ぎは、知らないではすまされませんから」

「侍衛さんたちの間でも、私は嫌われ者ですか」

　救いを求める迷い猫のように見えたらいいなと思いつつ、マリーは上目遣いに何雨林を見つめて訊ねた。

「嫌うも何も、趙小姐と直接口を利いたことのある侍衛が、そんなにいませんからね。中院の殭屍《きょうし》騒ぎで趙小姐と揉めた侍衛は、こころよくは思ってないようですが。やつに何かされたようなら、釘を刺しておきます」

「いいえ、刺さなくていいです」

　雨林の言葉を額面通り受け取ったマリーは、冷や汗をかいて断った。

「そうじゃなくて、私の出自が誤解されて、嫌われる原因になるかもって――」

マリーは永璘と李二に訊ねたのと同じ内容の話を持ち出した。何雨林の反応は前のふたりとは異なり、口髭に隠れた口角を少し上げ、切れ長の目尻をわずかに下げて、マリーにうなずいてみせた。

「そういう反応は、予期していました。むしろはじめに邸の使用人たちが趙小姐《シャオジエ》を拒絶しなかったのが、私には意外でした。それだけ、私たちが異国へ出ていたことを誰もが疑わず、貝勒《ベイレ》のご帰国を喜び、趙小姐を本物の外国人だと素直に信じたからでしょう。新しい使用人たちが慶貝勒府に馴染んでくれれば、趙小姐がどれだけ貝勒に大事にされているかわかって、また反応が変わってきますよ。直接的な嫌がらせなどで困ったことがあったら、私か鄭書童に相談してください」

「ありがとうございます」

マリーは感謝で涙が出そうだ。

「でも、もしも、私が澳門《マカオ》の花街生まれの混血児だったら、何さんは私を穢《けが》らわしいと思うんでしょうか」

マリー・ジョセフィーヌの顔を思い浮かべながら、マリーは訊ねた。何雨林は困惑気味の顔でマリーの顔から目を逸らし、正面を見つめて黙り込む。つまらないことを訊いてしまったかと、マリーが後悔し始めたころ、雨林は口を開いた。

「上海の繁華街では、ああした混血児たちが通りすがりに服の裾に触れるのも、正直なとうらやましいとは思いました。とはいえ、かれらを産み落とした女たちは、貧しさから親に売られたか、借金のかたに苦界に落とされ、客を選ぶこともできずに借金を返し続ける運命を背負《せお》っています。旗人階級にあっても、家が落ちぶれてしまい、家族を養うために妓女となった娘もいます。世の中の不条理について悩み始めたら、きりがありません」

結局、マリーの質問には是非《ぜひ》の答を出さず、何雨林はお茶を濁《にご》した。

何雨林の精神の根幹に刻みつけられた賤民《せんみん》たちへの偏見と嫌悪感と、主君が厚遇するマリーに対する配慮が、かれの内心でどのような葛藤《かっとう》を引き起こしたのか、マリーには想像もできない。

会話の落としどころも見つからないまま、ふたりは白い息を吐きつつ歩き続ける。

皇城に入る門をくぐり、ひたすら北へと歩き続け、北堂ことフランス人会士の運営する天主教堂の前を素通りし、時おり右に曲がってまた北へ進むを半刻は続ける。建物の間から右手に見える紫禁城《しきんじょう》、北海《ほっかい》、中海《ちゅうかい》そして南海《なんかい》と名付けられた南北に長い三つの湖。北海と南海にはそれぞれ島があり、そこにも宮殿群があるという。

皇城の北の門をくぐって内城の北側に出れば、そこにも広大な邸宅を擁《よう》すると思われる高く厚い塀が東西に続いている。

「ここも、どなたかの王府？」

果てしなくどこまでも続く壁に沿って歩いて、ようやくたどりついた門の上に掲げられた額を見上げて、マリーは訊ねた。

「正一品文華殿《ぶんかでん》大学士、和珅《ヘシエン》軍機大臣のお邸です」

マリーに答えてから、何雨林は門番に取り次ぎを頼んだ。

まもなく使用人が走り出てきて、ふたりを邸内に案内する。しかし、門に入って最初に目に入るはずの影壁がなく、別の街の胡同《フートン》に入り込んだかのように、マリーには用途不明の建物が連続し、長い道が続く光景に戸惑う。二階建て、三階建て以上の楼閣《ろうかく》や、塔のような建物もある。

何雨林は小声でマリーに耳打ちした。

「軍機大臣は、清国でもっとも富裕の臣でおられます。そして、おそらく北京で最大の敷地を擁する邸宅を所有されています」

「うちの老爺《ラオイエ》の倍くらい？」

「数倍どころではないですね」

奥へ進むほどに、建物群はどんどん大きく豪華になっていく。洋風の建築を取り入れたのかと思わせる、アーチを多用した石造りの館を、マリーは薄く口を開けて眺めつつ通り過ぎた。

「これ、邸？　街じゃないの？」

「軍機大臣のご一族の街と、言えなくもないでしょうね」

「そんなすごいところにお嫁に行かれたのね。和孝公主さまは」

皇帝の妻妾の娘が嫁ぐには、このくらい富裕の臣下でなければならなかったのかと、マい[illegible]圧倒された、そしてどの建物の軒にも、元宵節を祝う無数の赤い提灯が下がっている。

初めてヴェルサイユ宮殿の門をくぐった日、マリーは荘厳華美の粋《すい》を極めた宮殿の中を、ただ口を開けて眺めて歩いた。数年後、清国に来て街から街へと旅をし、異様な建築物や巨大な仏像を見上げ、宣武門の無骨な偉容におののき、永璘の豪邸の広大さに啞然とした。

一部の支配層しか所有することの許されない芸術や、富の極みに圧倒され続けてきたマリーは、この先の人生で二度と驚くことなどないのではと感動し、そのたびに深い畏怖《いふ》の念に潰されそうになる。

しかし、これだけの富を有する軍機大臣の上に、さらにこの広大な清という領土を治める巨大な権力と富を誇る、清国の皇帝がいる。

その華麗なる高貴な人々の服の裾に、雑草の種や棘《とげ》みたいに挟まってしまった自分。

頭がくらくらしてきたマリーは、思わず何雨林の袖をぎゅっと握った。

「滑りやすいですか」

雨林が気を配って歩調を遅らせる。

「あとどれだけ歩いたらいいのかなと思って」

「私もよくわかりません。奥まで通されるのは初めてですので」

雨林はすまなそうに答えた。

通常、貴人の来客の随身は、もう少し手前の詰め所に通されるのだという。このたびは、マリーの連れと思われたのか、ついてくることを許されたようだ。

ずいぶん歩いてから、ベランダの手摺《てす》りや柱が赤く塗られた、二階建ての建物に案内された。広大な敷地にふさわしい荘厳な建物だが、垂花門を通った覚えがない。

あまり深く考えずに、装飾と様式の他は、西洋の宮殿にまったくひけを取らない豪邸に足を踏み入れたところで、和孝公主に迎えられた。

いつの間にか何雨林は姿を消していた。この邸のどこかに控えていて、マリーが帰る時刻には、どこからともなく姿を現すのだろう。

「来てくれたのね。うれしいわ」

拝礼の姿勢をとるマリーににっこりと微笑みかけ、立ち上がるよう命じる。

和孝公主は、轎《かご》を使わずに歩いてきたというマリーに驚いて、とりあえず休むように椅子と茶を勧めた。

「いいんですか」

不安になって訊ねるマリーに、和孝公主は笑いかけた。

「永璘お兄さまからお預かりした、大事なお客さまですもの。ちょうどお昼だから、食事もいっしょにしましょう」

破格の待遇にマリーは感激したが、箸の上げ下げから器に添える手の角度まで、細かく指導が入った。行儀作法を叩き込むための会食であった。

「……ご迷惑なんじゃないんですか―

首が懸かっているという、皇帝相手の食事なんて、とてもではないが参列したくない。マリーは箸を持つ手も震える思いだ。

「皇上のご機嫌次第では、どのようなご用を承るかわかりません。皇上は気まぐれなお方ではあられませんが、どのような高位高官、風流人とも失礼のない交際ができるように、行儀作法の基本は身につけておくべきよ。フランスでも、礼儀作法は大事ではないこと？」

祖国が礼節のない野蛮な国呼ばわりされた気がしたマリーは、きりっと和孝公主を見つめ返して応える。

「もちろんです。でも私は労働階級の庶民なので、食事だって仕事の合間に急いですませます。家族や友人とゆっくり食べるときは、肉やソースをテーブルにこぼさないように、ナイフとフォークさえ使いこなせればよかったのです」

和孝公主は箸を置いて、両手で口元を押さえた。

「西洋では食卓に刃物と刺し串を載せるというのは、本当なのね！」

野蛮ねぇ、という顔をされるので、マリーはむっとしたが、顔には出さないように気をつけた。確かに、清国の食卓に置かれる料理は、箸さえ使いこなせれば、自分で切ったり刺したりする必要などないものばかりである。料理人は食べる者が食べやすいよう、すべて小さく、あるいはちょうどいいひと口大の大きさに切り分けて供するのが、清国のやり方だ。汁物や、箸では摘《つま》めない物はスプーンが出される。

菓子も、箸や指で摘んで食べるものばかりだ。

大きなガトーをでんとテーブルに置いて、ナイフで切ってフォークで食べてもらう、ということは期待できないことに思い当たって、マリーは食べやすいタルトやパイ、ガトーの大きさや盛り方を考える。

「昨日お出しした、ミルフィーユはいかがでした」

「あの、黄色と白の奶油《ナイラー》を重ねた、パリパリした皮を三段に重ねたお菓子？　おいしかったわ。少し、食べにくかったけど。ハラハラと崩れる甘い皮が、口の中で奶油と絡み合って、味も舌触りも楽しかった。どうやってあんな薄い皮を幾重《いくえ》にも重ねることができるの？　成親王は皮を剝がしながら食べていらしたわね。私は桃を挟んだのが好き。また、いつか食べさせて」

「はい」

『おいしい』と『もっと食べたい』は最高の賛辞だ。マリーは満面の笑みでうなずいた。

午後は宮廷における立ち居振る舞いや、定型の口上を指導された。かつて後宮の女官を務め、公主の降嫁に従ってきた侍女が、ひとつひとつ見せてくれる動作や、言葉遣いを真似して体に叩き込む。

パティシエールになりたいだけなのに、どうしてこんなことまでやらされるのかと、気持ちが何度も折れそうになったが、王厨師を見返したい一心で励んだ。実力が認められないのならば、権力で対抗するしかない。身元や出自がどうだろうと、この国で一番偉い人[illegible]のうちはどこの厨房だろうと文句は出ないはずだ。

主の機嫌を損ねれば首が飛ぶとしても、マリーが懸けられるものは自分の命しかないのだから、ここが正念場だと覚悟を決めた。

みっちり練習させられたあとに、そろそろ貝勒《ベイレ》府に戻る時刻かというころ、騒々しい足音とともに、身なりの良い青年が居間に入ってきた。

立派な官服を着て、官帽からは高貴の位を示す孔雀《くじやく》の尾羽を二枚うしろに垂らしているが、丸っこい顔立ちやつやつやした頬は、青年というよりもむしろ、少年といったほうが正しい。

和孝公主はすっと立ち上がり、青年の前に跪《ひざまず》いて恭しく「お帰りなさいませ」と拝礼をする。周囲の侍女も同じように膝を曲げて腰を落としているのを見て、マリーも慌てて膝をついた。

「ああ、そんな堅苦しい挨拶はいいんだよ。いつも言っているように、私にはもったいないことだから」

青年はあたふたと公主の肩に手を添えて、立ち上がらせた。

「でも豊紳殷徳《フエンシエンインドウ》さまは、わたくしの夫ですから」

いまだ青年になりきらない少年の面立ちで、寒気にすっかり赤くなったほっぺたは福々しい。そして少女らしさの抜けきらない瞳で夫を見つめる和孝公主。若すぎるふたりは、なんだかままごとのような夫婦だとマリーは思った。

とても、清国でももっとも権勢を揮《ふる》う寵臣で軍機大臣の長男と、皇帝にもっとも愛されている公主の組み合わせとは思えないほど、初々《ういうい》しい。花盆靴《かぼんぐつ》を履いているせいで、夫よりも公主のほうが、少し背が高くなっているところも微笑ましい。

「ああ、こちらが十七阿哥《あか》が法国《フランス》より連れ帰ったという、糕點師《ガオディアンシー》のお嬢さんだね。どうお呼びすればいいのかな」

「マリー・フランシーヌ・趙・ブランシュと申します。貝勒《ベイレ》殿下は名前でお呼びになります」

「私より長い姓名の人間に会うとは珍しい。どこからが名前で、どこからが姓なんだい？」

清国一の富豪の長男というので、もっと大仰で傲慢《ごうまん》な人物を想像していたが、豊紳殷《フエンシエンイン》徳《ドウ》は気さくに話しかけてくる。

「マリー、が洗礼名で、フランシーヌが親につけられた名前、趙が母方の姓で、ブランシュが父方の姓です」

「なるほど。では、まり、い？　瑪麗《マリー》」

「マリーですよ」と和孝公主。

「まりー、瑪麗」

どうしても、近似の漢字の発音に落とし込まなければ覚えられないらしい。若き夫婦のコメディのようなやりとりに、マリーは笑いをこらえるのが大変だ。

豊紳殷徳《フエンシエンインドウ》はマリーに向き直った。

鈕祜祿《ニオフル》豊紳殷徳《フエンシエンインドウ》です。鈕祜祿《ニオフル》が姓で、豊紳殷徳《フエンシエンインドウ》は五歳のときに皇上に賜った名前だ。

嬉しいのだけど、畏れ多くも皇上に賜った名だから、省略するわけにもいかない。だが、字《あざな》は天爵《てんしゃく》という。そっちで呼んでくれてかまわない」

「天爵さま」

マリーはほっとして会釈した。とてもではないが、豊紳殷徳《フェンシェンインドゥ》という名は発音することも、覚えることも不可能に思えたからだ。

「鈕祜祿《ニオフル》氏というと、貝勒殿下の嫡福晋さまと、ご親戚なのですか」

「そう、だね」

天爵は少し口ごもる。和孝公主は鋭い目配せをマリーにくれた。避けるべき話題であったようだが、口に出してしまった言葉を、引き戻すことはできない。

ためらいは一瞬で消え、天爵は咳払いののち、心持ち胸を反《そ》らして答えた。

「鈕祜祿《ニオフル》氏は満族八大氏族の中でも、もっとも強勢な名族のひとつで、とても数が多い。代々の皇后も輩出していて、皇上のご生母も鈕祜祿氏から出ている」

伝統と血統を重んじる民族の名門という誇りもあからさまに、尊大な口調になる。

和孝公主はにっこりと優しく微笑み、夫の話の切れ目を捉えて、着替えてきてはどうかと勧めた。

公主に対しては、ころっと素直で忠実な仔犬のように豹変し、天爵は言われたことを実行しに、急いで奥へと消えた。

公主は憂いを込めた瞳を夫の立ち去った方へ向けて、深いため息をついた。

「ごめんなさい。同じ鈕祜祿《ニオフル》氏でも、こちらよりもお義姉《ねえ》さまの家系のほうがずっと格が高いので、あまりこの話はしないであげて。あちらは後金開闢《こうきんかいびゃく》以来の、清国初代皇帝努爾哈赤《ヌルハチ》とともにこの国を造り上げた五大臣のひとり、额亦都《エイドウ》の子孫。四代にわたって大臣を輩出し続けた家柄で、お義姉さまのお父上は努爾哈赤の第四公主の曾孫《ひまご》にあたるの。そのいっぽう、こちらの義父《ちち》は子どものころに両親を亡くし、三等侍衛から身を起こして今の地位まで登ったの。実力はもちろんのこと、皇上のお引き立てがあってのことだけども――」

　血統の尊さが重要視される清国満洲族の社会では、天爵の立場は成り上がりの二代目と、譜代の旗人からは見くびられがちなのだろう。

　相槌を打てる雰囲気でもなく、マリーが黙っていると、和孝公主はくるっと顔をこちらに向けて、ひたむきな表情でマリーへと身を乗り出した。

「ねえ、マリー。お願いがあるの。夫の心をつかむようなお菓子の作り方を、おしえてくれないかしら」

「公主さまが、お作りになるのですか」

　マリーはびっくりして問い返した。和孝公主は深刻な目つきで、マリーをじっと見つめてうなずいた。

「西洋には、媚薬《びやく》の効果のあるお菓子があるのでしょう？　あなたが糕點師《ガオディアンシー》なら、知っているのではないかと思って―

「これはそういう話をお聞きになったんですか」

「義父のところに出入りしている英国商人からよ」

マリーはさらに驚いて言葉をなくしたが、考えてみればフランス人もドイツ人も、ポルトガル人も、この北京に居住しているのだ。イギリス人もいて、なんの不思議もない。

ただ、イギリス人を教会で見かけたことがなかったから、失念していたのだ。

大西洋を股にかけて北アメリカ大陸を支配し、オーストラリア大陸に流刑人を送り込んで開拓したイギリス王国。そして東インド会社を設立して、同じく海洋大国であるオランダ共和国とインド亜大陸における貿易利権を競い、インド諸王国の行政にも介入して一大海洋帝国を造り上げたイギリスが、この中華大陸にその尖兵《せんぺい》を送り込んでいないはずがなかった。

欧州各国の海外進出について、マリーはブレスト港を出るまでは断片的な知識しか持たなかった。勤めていたホテルの古新聞を丹念に読んでいれば、もう少し世界の情勢を知っていたかもしれない。だがこのときは、アフリカ大陸を回り、インド洋を越えた船旅で得た知識だけで、公主の話を理解するには十分であった。

世界を神の栄光で覆い尽くそうと、宣教師を送り込み続けたカトリック諸国と違い、イギリス王国やオランダ共和国は、頑迷《がんめい》に多神教を奉じ、多様な宗教の共存を許す清国やインド、日本などの東洋諸国に布教する無駄を早々に悟り、交易によって利権を得る方針を貫いていた。

それでさえ、乾隆帝は西洋人が清国民の生活や経済に入り込むことを厭《いと》って、厳しい制限を設けていた。

清国から得られるであろう莫大《ばくだい》な利益を追求するために、イギリス商人は清国一の権臣和珅《ヘシエン》の歓心を求めて日参していることを、マリーは公主から聞かされた。

和孝公主がマリーの名前を正確に発音できたのは、異国人の発音に耳が慣れていたからであろう。好奇心の強い和孝公主は、清国の貴婦人らしからず、イギリス商人を観察し、積極的に接触していた。

「欧州のドレスも贈られたことがあるの。着てみたけど、動きにくいわね。胸と腰を締め付けるの、意味がわからないわ。踵の高い靴にしても、漢族の纏足《てんそく》とどっちが馬鹿げているのかしらってくらい、ぐらぐらして危なっかしくって、歩けたものじゃない。マリーは、あのずっと爪先で立っているような細い靴で生活していたの？」

皇帝の愛娘にも、自国の最高級品の贈り物を欠かさないイギリス人の周到さを、公主は朗《ほが》らかに笑い飛ばした。

花盆靴もなかなか歩けた代物ではないとマリーは思ったが、あの花盆靴で走り回っている和孝公主には有効な反論ではない。ハイヒールよりは接地面積の広い花盆靴なら、慣れれば和孝公主のような離《はな》れ業《わざ》もできるのだろう。

マリーはまだ、一般的な漢族の女性と近く接したことはないため、公主の口にした纏足の意味を知らなかった。訊こうとしても、公主の話を遮る非礼を犯すこともでまで、轎や馬車から眺め見た江南や北京外城の漢族女性たちの、柳腰と云《い》われる歩き方を思い出して、彼女たちもハイヒールに似た靴をはいているのかしらと想像する。

「フランスでも、庶民の女性はハイヒールは履きません。コルセットは、着けますけど。動き回る労働階級の女性や既婚者は、腰を蜂のように細く見せる必要はないので、あまり締め上げる必要はないですね」

それでも、清国に来て旗服を着るようになってから、コルセットを着けない生活の快適さを初めて知った。いつかはフランスに帰りたいが、そのころにはコルセットなど廃《すた》れていればいいのにと願うばかりだ。

「それで、西洋には夫婦和合《わごう》に効くお菓子があると耳に挟んだのだけど、話題が話題だけに、わたくしの口からはとても訊ねることができなくて、ずっと気になっていたの」

イギリス人が軍機大臣邸に出入りしている理由を大まかに語った和孝公主は、本題に戻った。

末兄の永璘が西洋人の厨師を雇ったことは知っていたが、なかなか会える機会がなかった。そこで、誕生日に洋菓子を贈らせたことで、ようやく念願叶《かな》ってマリーを自邸に呼び、一対一で話ができるというわけであった。

「その、では行儀作法の特訓ですとかは――」

「口実に決まっているじゃない」

公主はあっけらかんと笑う。

「私の作った西洋菓子を持って、皇帝に拝謁するためではなかったのですか」

「皇上が見習いを紫禁城に召喚するとは思えないけど……でも、いつかは皇上にお目通りすることはあるでしょうし、さっきも言ったように、マリーはこれからわたくしたち兄弟姉妹とその福晋、額駙《がくふ》といった親族の、清国の最上級の皇族や旗人と接するようになるのだから、清国の流儀は学んでおいても損ではないわ」

乾隆帝に認められて厨房復帰、というマリーの野望は、いきなり遠くはかなくなってしまった。失望するマリーの両手を取って、和孝公主は真剣に申し出る。

「でも、マリーがわたくしを助けてくれたら、わたくしもマリーのためにできることをします。マリーが男ばかりの厨房で安全に働けるよう、わたくしも知恵を絞ると約束するわ」

「でも、公主さまと天爵さまの仲は、とてもよろしいようにお見受けしましたが」

和孝公主の眉が曇《くも》る。

「わたくしたち、五歳のときに婚約して、それからずっと仲良しなの。でも、天爵さまは、義父や側近によほど言い含められていたのか、わたくしを怒らせたり、不機嫌にさせたりしないよう、とても気を遣い続けていたらしいの。わたくしも、後宮に男の子がいるなんて珍しいことだから、他の妃腹の弟かなにかだと勘違いして、いろいろ意地悪とか無理難題を押しつけたりしたこともあって、天爵さまはいつからか、本心ではわたくしのことを
嫌がっているようなの」

もちろん、小さな子ども同士、おもちゃやおやつの取り合いは日常茶飯事《さはんじ》で、年の近い兄妹、あるいは姉弟のするように、互いにわがままを通そうとけんかになることは珍しくなかった。しかしいつも叱られるのは天爵で、帰宅後は父親に叱責され、公主に対する無礼に罰を受けていたようだ。少年期に入っても、天爵の子どもっぽさは抜けず、才気煥発な和孝公主に対して、卑屈な態度を取るようになっていった。

また、高貴の女性といえど必須ではなかった書字読書に優れているだけではなく、生来活発な和孝公主は、弓馬などの男子の修練にも人並み以上の才能を発揮し、天爵は新婚の妻にまったく頭が上がらない。

物心ついたときから、瑕瑾《かきん》のない玉のごとき高貴な女性を妻に約束され、しかも血筋だけでなく賢明さでも能力でも、万事について妻の方が優れているとなれば、夫はよほど天真爛漫でおおらかな気質でなければ、心にももやもやと溜まってゆくものがあるのだろう。

特に、清国のように女性を見下す文化が濃厚な社会では。

「豊紳殷徳《フエンシエンインドウ》はわたくしをとても大切してくれます。固倫公主《グルニグンジユ》の額駙といっても、側室を置くことを禁じられているわけではありませんが、夫は息抜きですら一度も他の女に目を向けたりもしません。皇上のご威光を怖れて我慢しているわけでもないようで、わたくしを女神のように崇《あが》め、贈り物も優しい言葉もかけてくれるのですが――」

「ですが？」

言葉を切ってぼんやりしてしまった和孝公主に、マリーは先を促す。

「それだけなのです。いつまでも後宮に遊びにきていたときのように、散歩をしたり、羽根蹴りや弓術の相手をしたり、書を読んでは花札で戯《たわむ》れて、楽しく団欒《だんらん》を過ごします。そして、それだけなのです」

同じ言葉を最初と最後に繰り返す。

「つまりご夫婦は、お友達関係のまま、ずっと過ごしておいでなのですか」

どこかで聞いたことのある話だ。

マリーが生まれる前ではあったが、フランス王ルイ十六世は、その皇太子時代は何年も世《よ》継《つぎ》に恵まれなかった。そもそも、夫婦生活がなかったというゴシップがまことしやかにささやかれていた。それもついに、妻の兄に説得されて、夫が手術を受けることを承知し、ついに王女を授かった。

王太子が生まれたのはマリーが七歳のときで、そのときのパリを挙げての祝賀騒ぎはよく覚えている。だが、巷間《こうかん》に流れていたゴシップが正しければ、ルイ十六世とマリー・アントワネットは七年ものあいだ、夫婦としても冷え切っていたという。和孝公主と豊紳《フエンシエン》殷徳《インドウ》はまだ新婚であるし、あれこれ手を尽くすのは時期尚早《しょうそう》ではないだろうか。

しかし、未婚のマリーからは、あまり赤裸々《せきらら》な助言はできない。やたらと王室の内情に詳しすぎては、フランスの社交界と庶民の日常が、どれだけゴシップにまみれていたのかを暴露することになると思えば、それも恥ずかしかった。

「わたくしがいけないのです。夫の子どもっぽいところが危なっかしくて、朝廷でちゃん

[illegible]れているのか気になって、ついつい、夫のいたらないところに口を出してしまっては、あのひとを怒らせてしまう。でもあのひとはすぐに謝って、口論などなかったことにしてしまう。皇上に告げ口されるのを怖れているのか、優しくしているのは妻が公主だからなのか。本当はわたくしには心を開いていない、だから夫婦らしく過ごすことができないのではとわたくしは頭を悩ませているのです」

袖から引き出した手巾《ハンカチ》を指先でねじりながら、少女らしい仕草で夫婦の悩みを打ち明ける。

「それで、その英国人が、まもなく愛し合う者たちの祭日なのだけど、自分の妻への贈り物を選ぶのに、清国ではどういうものが喜ばれているのかと訊かれたの。そのときはなんとお答えしたか忘れてしまいました。それよりも、その方が何気なくされた、愛人たちの祭日と、贈り物に添えるお菓子やごちそうの話が妙に耳に残って」

「あー」

マリーはすっかり忘れていたことを思い出す。

「聖ヴァレンティンの日ですね。昨日か、一昨日だったかと思います。暦の対比表がないと、正しい日にちはわかりかねますが。恋人たちや夫婦が、手紙や贈り物を交わして、互いの愛を確かめ合う習慣が、欧州の諸国にはあります」

マリーは無意識に、首に下げたお守り袋に手を置いた。お守り袋は、上着の下で小さな薄い楕円のメダリヨンのふくらみを主張している。

婚約の印に、聖ヴァレンティンの日に恋人のジャンから贈られた銀のメダリヨンだ。その日はふたりで得意の菓子を作って、とっておきのワインで乾杯した。

「あら、もう終わってしまったの。キリスト教のお祭りをうちでするわけにはいかないけど、愛し合う者たちに特別な日があるのは素敵ね。それで、そのとき思いついたの。あさっての豊紳殷徳《フエンシエンインドウ》の誕生日に、何か特別なものを贈りたいって」

和孝公主は言葉を切り、お茶をすすって考えをまとめる。

「わたくしが欲しいと思えば、およそこの国で手に入らない物はない。ただ、何を贈ろうと、それは誰かに命じて持ってこさせたもの。豊紳殷徳《フエンシエンインドウ》も、物心ついたときはもう、義父は軍機大臣に登りつめていて、なに不自由ない暮らしをしてきました。望むものはすべて手に入るから、たいていのものでは珍しがったり、ありがたいとは思えないのね。どうすれば、わたくしの差し上げるもので、あの方を喜ばすことができるのかしらと、ずっと考えていたの」

うらやましすぎる悩みもあったものだと、マリーは呆然としてしまう。人間はどれだけ恵まれていても、心を悩ます種が尽きることがないらしい。

永璘もそうなのだろうか。

ふっと湧き上がった疑念を、首を横に振って払い去り、マリーはひとつ下の公主に話を合わせる。

「それで、『こころをつかむようなお菓子』を、ご自分で作ってみようと思われたのです公主ははにかみながらコクンとうなずいた。

「媚薬効果がどうのとおっしゃっていましたが、普通のお菓子ではいけないんですか」

公主の頬が赤くなる。

「英国人がそう言っていたので、そういうものが作れたら、なお良いと思いました。夫がいつまでも子どもっぽくて、十七兄様と奥様のように、しっとりした会話ができないものですから」

永璘と鈕祜祿《ニオフル》氏の会話がしっとりしていたかどうか、マリーには覚えがないが、たしかに仲の良い夫婦の代名詞にしてもいいくらい、息が合っている。

「媚薬効果ですか。苦みのあるショコラや、ブランデーの香りづけをされたお菓子は、おとなの愉《たの》しみ的に作られますけども。私はショコラティエではありませんので、あまり凝《こ》ったショコラのお菓子は知らないのです。どちらにしても、カカオの種やカカオバターが手に入らなければ、作れる物ではありません」

「カカオ？　それは茶色のどろどろした飲み物のこと？　英国人は『可可《コオコオ》』と呼んでいましたが」

マリーは卓に手を突いて、中腰になった。

「それです！　北京にあるんですか？」

「あまりおいしいとは、思いませんでしたけど」

「英国人は味に頓着しないんです！　カカオには強壮効果があるので、とりあえず粉末にしたカカオをお湯で溶いて、薬代わりに飲んでいるだけだったりします。ああ！　もったいない！　豚に真珠とはまさにこのことです！」

当の商人が聞いたら国際紛争になりそうな人種的偏見もあらわに、マリーは卓を叩いて会ったこともないイギリス人を批判する。

「カカオさえあれば、タルト・オ・ショコラも、ガトー・オ・ショコラも、ムース・オ・ショコラもできるんですよ！　悪魔のように苦くて、天使のように甘い、薫《かお》りも高く、栄養もたっぷりなお菓子になるんです！　それなのに、英国人ときたらココにして、牛乳と生姜《しょうが》と砂糖を混ぜて飲むだけなんです！　ホテルでも、せっかくうちのショコラティエが作ったガトーに見向きもしない！」

いきなり熱弁をふるいだしたマリーを、唖然として見上げていた和孝公主は、くすくすと笑い出す。椅子に座るよう促して、カカオさえあれば、その『なんとかショコラ』とやらを作れるのかと訊ねた。

「ええ。どういう状態のカカオなのか、にもよりますが。私は豆の状態から処理をしたことがありませんので、焙煎《ばいせん》から必要でしたら、あさってまでにお菓子を用意するのは難しいです」

「豆を砕《くだ》いたのをさらに挽《ひ》いて、濃い褐色の粉末にしてあるそうよ」

「[illegible]いろいろ使えます―

した顔で胸に手を当てた。

「では、英国商人に少しわけてもらうように命じて、明日持って行くわ。他にも必要な物があるなら、調達するけど」

マリーはそんなに簡単に洋菓子の材料が手に入るのかと驚いた。

「では、アーモンドとブランデーにシェリー酒、蜂蜜、それからラム酒に、バラ水。あとは、バニラビーンズがそろうかどうか、その商人に訊ねてもらえますか」

欲張りという自覚もなく、マリーは思いつく限りの材料を口にした。

菓子職人見習いのマリーと、初弟子

乾隆帝五十六年、正月十八日。

マリーは朝早く起きて、杏花庵に『出勤』した。

チョコレート菓子は、ショコラティエという専門の菓子職人に任される。もちろん一般のパティシエもチョコレートを使った菓子のいくつかはレシピを持っているが、父親のレシピ帳にはマカロンとガトーしか載ってなかった。

マリーは墨を磨《す》り、紙を広げて天爵の誕生日を祝うガトーをデザインした。

丸と四角とどちらがいいか。型は両方ある。和孝公主が来たら彼女に決めさせよう。

黄丹が薪を運んできて、厨房から取り寄せたい物があるかと訊ねたので、紙に材料の書き付けを渡して、燕児にそろえてもらうように頼む。軍機大臣の長子の誕生日を祝う菓子で、和孝公主がじきじきに厨房にお立ちになるのだということも、伝えてもらった。

漢字の読めない黄丹のために、マリーは確認のためひとつひとつ読み上げて確認する。

「羊の腸《はらわた》？　何に使うんですか？」

「文字を書くのにいるの」

西洋人はおかしな道具で字を書くものだ、とつぶやきつつ剃り上げた頭を掻き、頭をふりながら、黄丹は霧氷の舞う薄明の中を出て行く。

卵を攪拌して砂糖を加え、篩《ふる》った小麦粉と混ぜて型に入れ、熱したオーブンに入れる。時間が経ち扉を開き、庫内から取り出したのは、卵のスポンジケーキだ。ナイフで水平に切れば、気泡の入ったしっとりとした仕上がりになっている。試しにひと切れ食べてみれば、もったりとした歯触りと、舌で柔らかく潰れる甘みが思った以上に成功している。

おいしいー！　と頬に掌を当てながら、マリーは首を傾ける。

「カカオ粉を混ぜると、重たい食感になっちゃうけど、配合を試せるほどの分量が手に入るかしら」

頼んだ材料を運んでくれた黄丹と燕児に、試作のスポンジを気前よく分けてやる。

[illegible]ような感じが面白いな。これを公主さまに教えてさし

「これに、カカオ豆の粉末を混ぜるの。公主さまが英国の商人に伝手《つて》があって、カカオやアーモンドを手に入れてくださることになってるから」

「ああ」と燕児は訳知り顔でうなずいた。

「軍機大臣の邸なら、手に入らない物はないからなぁ。老爺《ラオイエ》も、はじめから公主さまにお願いしてくれたらよかったんだな」

「行儀見習いに行かされたのは、たぶんこのためだったんじゃないかな。老爺もきちんと考えてくださっているのね」

「うん、なんか品のいい物の言い方になってきたな」

マリーはまったく実感がないが、燕児が褒めてくれたのはうれしい。

大急ぎで、羊の腸を臭いが消えるまでよく洗って乾かす。片方の口を縛り、ナイフの先で小さな穴を開ける。クレーム・シャンティを大量に作り置きして冷暗所に保管しておき、バターを滑らかになるまで攪拌しておいた。あとはガトーひとつ分ずつの材料を計量し、ひととおりの準備を済ませて、黄丹と遅い朝食の時間にした。

日が昇ったころ、外でカッカッと高い音がして、黄丹とマリーは何事かと驚いて表へ出た。見れば金糸銀糸の刺繍をあしらった、真っ赤な馬褂《ばかい》の裾をひるがえし、頰を紅潮させた美麗な少年が、冬の太陽を背に馬上から微笑みかけている。永璘でさえ邸内で乗馬するのを見たことがなかったマリーは、ただ啞然として珍客を見上げた。

「もしかして、和孝公主さま？」

「ええ、馬車や轎《かご》では時間がかかりすぎるもの。材料はちゃんとそろえてきたわよ」

鞍《くら》につけていた布袋を、マリーへと放り投げる。マリーがあたふたと受け止めている間に、公主はひらりと鞍から飛び降りて、手綱《たづな》を黄丹に手渡した。

「馬で乗り込んできたことは、十七兄様には内緒にしておいて」

「奴才《やつがれ》、しかと承りました。しかし、蹄《ひづめ》のあとを老爺《ラオイエ》がどうお思いになるかまでは、奴才には言い訳できかねます」

和孝公主は手にした乗馬鞭で、黄丹の膝をピシリと叩いた。黄丹は小さな悲鳴を上げて膝を折る。

「この邸の使用人は、みんなひと言多いのよね。お兄さまの教育がよろしくないの」

笑いながら叱りつける和孝公主に、黄丹は謝罪の言葉をつぶやきながら、膝を庇《かば》うようにして馬を曳《ひ》いていった。少しゆくと普通に歩き出したので、マリーはほっとして公主を小屋に導き入れた。

「この小屋は、本当に居心地がいいわね。とってもあったかいし」

北京の住宅はどれだけ高級でも隙間風がひどい。しかし煉瓦で覆われた小屋の壁は、石窯と煙突の熱を長い時間保つので、屋内は戸外の氷点下を忘れさせてくれるほど暖かかった。

[illegible]まで垂らした辮子を手にして、公主が微笑む。迎えに出たとき男子と間違えたのは、深く被った帽子のうしろから、辮髪のように長い三つ編みが垂れていたせいだ。

「そのような格好をなさっていたら、当家の厨師に男の真似事か、って嫌味を言われてしまいます」

「このわたくしにそのような口を利く者がいたら、その勇気を褒めて銀一両を授け、その無礼に対しては、唇が杏の実よりも赤く大きく腫《は》れるまで打ちすえてやるわ」

あまりに清々《すがすが》しく言うので、マリーは笑い出す。

公主の辮子を王冠巻きにしたあと、マリーは作業用の前掛けを手渡した。それを身につけた公主はさっそく菓子作りにとりかかる。

マリーは、粉末ココアを六等分し、まずひと通りの作業を和孝公主の前でして見せた。材料を量り、卵をもったりするまで砂糖を加えつつ攪拌する。卵の泡を潰さないように、篩った小麦粉と粉末ココアをさっくりと混ぜ、溶かしたバターを一気に加える。生地に艶が出たら型に流し込んで縁《ふち》を叩き、表面の高さを平たく整える。そしてオーブンに入れて、砂時計を並べた。

「なんだか、あっという間だったわね」

公主は目を丸くして言った。

「手早さが決め手なのです。手間がかかりすぎて、攪拌した卵液の泡が潰れたり、消えたりしたら、べたっとした煉瓦みたいなガトーになってしまいます。それでは、焼き上げている間に、公主さまの手作りガトーを始めましょう」

マリーは道具をふたつずつそろえて、自分のやる通りについてくるように公主に言った。これはマリーの父親が、娘に新しいレシピを教えるときのやり方だった。

和孝公主はもともと敏《さと》くてキビキビした少女だけに、マリーの動きをよく見ていて、無駄なくついてくる。道具の使い方も、手を添えてコツを教え、目の前で演じて見せればどうにかこなす。弓馬の術に長けているだけあって、卵液の攪拌に腕の疲れを訴えることもない。

最大の難関、卵液のもったりと立てた泡を壊さないように、小麦粉を混ぜ、そして思い切りよく、しっかりと溶かしバターを混ぜ合わせる。マリーがヘラを持ち上げると、ヘラについた生地が、太いリボンのようにひらひらと伸びて、ボウルに落ちてゆく。

和孝公主の生地は、リボンというには少し細い紐《ひも》状であった。混ぜすぎたかもしれないが、もはやどうしようもない。

マリーは自分の生地は四角い型に注ぎ込み、公主には丸い型に注ぎ込むよう指示した。

そのころには、最初のケーキは焼き上がっていた。マリーは串を刺して中まで焼けていることを確かめ、ショコラと卵の良い香りのするケーキを取り出した。

「これが、焼き上がりです。粗熱《あらねつ》が取れましたら、飾りつけを始めます」

[illegible]ブンに並べ入れてから、マリーは生クリームに砂糖と残

の粉末ココアを混ぜて固めに攪拌した。褐色に染まったクレーム・シャンティを二本のスプーンにひと口ずつ載せて、ひとつをペロリと舐め、もうひとつを公主に差し出す。

ココア味のクリームを味見した公主は、「甘くて苦い」と言って笑う。

最初のスポンジの粗熱が取れたところで、マリーは水平にふたつに切り、間に作り置いた白いクレーム・シャンティを塗って、重ね直した。それからヘラで褐色のクレーム・シャンティを塗ってケーキを覆い尽くす。

「この試作品は、うちの老爺《ラオイエ》に差し上げます」

竈から離れた奥の部屋に置いて、クリームが固まるのを待つ。その間に、白いクレーム・シャンティを、洗って穴を開けておいた羊の腸に詰め込み、奥の部屋に公主を連れて行く。

マリーは羊の腸の両端を持って、クリームを搾り出していった。

濃い褐色の表面に、白い文字で、

慶貝勒府《けいベイレ》・御用達《ごようたし》

Gateau au chocolat

と書かれたチョコレートケーキに、公主はことのほか感心して、両手を叩いてマリーを褒め称えた。

「公主さまは、この祝い句の下に、天爵さまの名前をお書きになるといいです」

マリーは朝のうちに『慶祝生日』という文字を書いておいた紙を差し出した。

「豊紳殷徳《フエンシエンインドウ》という名前を、搾りながら書くのは難しそうね」

画数も文字数も多い天爵の名は、素人の搾《しぼ》り書きではケーキの上に収まりそうにない。

「練習できるように、いっぱいクレーム・シャンティを作っておきましたので」

マリーがケーキの大きさと同じ丸を書いた紙を何枚か渡す。和孝公主は筆を執って祝い句と夫の名を下書きし、上手に搾れるまで何度も繰り返した。

――夫のことが、本当に好きなんだなぁ。

真剣な顔で、何度も失敗を繰り返し、投げ出さずに難しい文字群を書き続ける公主に、マリーは感心する。集中しすぎて舌を嚙んでいるのか、薄く開いた口からピンク色の舌先がのぞいている。

帝国最強の公主さまといえど、愛する人を驚かせ喜ばせるために払う努力は、市井の庶民の娘と変わりはないようだ。和孝公主の想いが豊紳殷徳《フエンシエンインドウ》に届くように、マリーは心から祈った。

ようやく円の中に収まるよう、判読可能な文字を搾れるようになって、和孝公主は疲れた微笑を浮かべた。

「法国《フランス》では、こんな風にして、お祝いのお菓子を作るの？」

「い[illegible]糖菓子を作って色をつけたり、人形を載せたりして、いろいろ

[illegible]作いただいてす。名前や贈る言葉は、カードに書いて添えます。このように
ガトーに祝句を書くことは、私が思いつきました。詩や文字を凝ったカリグラフィーにして壁や玄関に飾っているのは、フランスではあまり見たことはありませんが、清国の人々は、文字をすごく大切にして、おめでたい言葉を飾ったり贈ったりしますね。それに、天爵さまは、ご自分のお名前をとても名誉に思っていらっしゃるようでした。世界にたったひとつしかない、公主さまから天爵さまに真心が伝わるような贈り物は、愛情のこもった言葉しかないのではと思ったのです」

　そう言って、マリーは清国で初めてできた友人が作ってくれた、小さな守り袋を襟から引っ張り出して公主に見せた。マリーが清国に来て、初めて受け取った贈り物だ。

『来福』という文字の刺繍された薄紅の守り袋には、マリーの大切な三つの宝物が収まっている。

　和孝公主は目を瞠り、マリーをじっと見つめた。

「十七兄さまが、あなたをこの国へ連れ帰った理由が、わかる気がします」

　そう言って、両手をマリーに差し伸べる。手を取り合うのは、満族の女性が同輩や身内に対して、親密の情を表すしぐさだ。

　マリーは差し出された公主の手を取った。

「あなたに出会えて、とてもうれしいわ。いつでもわたくしの家に、遊びにいらして」

　和孝公主が感動に目を潤ませて褒めるので、マリーは気恥ずかしくなってうつむいてし

まった。

和孝公主が搾り文字の練習をしていた間に、マリーはふたつのケーキをオーブンから出して、冷ましておいた。予想通り、生地のもったり感が弱かった公主のケーキは、いまひとつふくらみがよくない。水平に切ってみると、気泡も弾力もいまひとつではあったが、少し切り取って試食したところ、味そのものは悪くなかった。むしろこういうずっしりとした食感と、大地のようなショコラの濃厚さは、意外と合っているようにも思える。

マリーはどちらを豊紳殷徳《フェンシェンインドゥ》に贈りたいか確認した。

「わたくしが作ったものを、差し上げたいわ。初めて食べるものなら、これが最上のものでないなんて、わかりはしないでしょう？」

恥ずかしげに笑いながら、公主は言った。

ふたりは水平に切ったそれぞれのスポンジに、白いクレーム・シャンティを挟み、全体にはチョコレートクリームを塗った。

ケーキをふたつ用意したのは、和孝公主の失敗を考慮してのことであったが、公主は最初の一発できれいに搾り文字を書き上げた。

大きめの提盒《おかもち》に、中でガトー・オ・ショコラが動かないように固定したものの、騎乗して帰ると中で跳ね回ってせっかくのケーキがぐちゃぐちゃになりそうだ。

マリーがそう言えば、和孝公主は確かにそうだと苦笑する。公主は鈕祜祿《ニオフル》氏に馬車を借りてくるように、嶺丹に命じた。

ないうちに朝廷から帰宅していた永璘が、期待に満ち満ちた笑顔をたたえて、小屋に顔を出した。マリーと和孝公主は、膝を折って永璘に拝礼する。妹の方が地位の高い兄妹は、非公式のときは妹が兄に拝礼をするらしい。

「ふたりとも、立ちなさい。今日は何を作ったのか」

「ガトー・オ・ショコラです」

「茶色い餡の菓子か」

「いえ、餡でなく、カカオの粉を生地に混ぜて焼いて、クリームにも混ぜて飾り付けた焼き餅の一種ですね」

マリーは永璘用に作ったチョコレートのケーキを見せた。

「美味そうだな。飾りの文字もきれいに書けていて、食べるのがもったいない」

「食感もずっしりしていますから、奥さま方とお姫さまの五人で食べるのに、ちょうどいいですよ」

甘い物の好きな永璘の幼い娘にも、食べさせてやりたいお菓子だ。

「いい考えだな。黄丹。この菓子を正房《おもや》へ運び、福晋たちを呼びに遣《や》れ」

「奴才《やつがれ》、ご命令を承ります」

黄丹はケーキを載せた皿を恭しく持って、杏花庵を出て行った。

「和孝、そなたも来るか」

「いいえ。十七兄さまがお帰りなら、豊紳殷徳《フエンシエンインドウ》も帰宅しているころあいです。きっとお腹を空《す》かせていることでしょうから、このガトー・オ・ショコラを持って、大急ぎで帰ります。失礼いたします」

和孝公主は、馬車の準備ができたと告げに来た太監に提盒《おかもち》を渡して、マリーと永璘に別れの挨拶をした。

「お菓子を作るのって、楽しかったわ。また遊びに来ていいかしら。他にもお菓子を作りたい」

「もちろんです。あ、」

即答したマリーは、慌てて永璘の顔を見上げた。この貝勒《ベイレ》府の主人は、自分ではなく永璘だ。永璘は腰のうしろで手を組んで、胸を反らして言った。

「杏花庵の主が良いと言えば、問題はない。が、西園は馬の乗り入れは禁止だ。馬は厩《うまや》に預けてくるように」

和孝公主は片手を口に当てて、笑いをかみ殺している。手の内で舌を出しているのかも知れない。

「マリーのこと、姐姐《ジエジエ》って呼んでもいいかしら」

「そうしたければ、そうしなさい。マリーに教えを請《こ》うのは和孝であるから、礼節は必要だろう」

和孝公主はうれしそうに微笑んで、マリーの手を取った。

「これから先は、わたくしのことは妹と思って、いろいろ教えてくださいね。姐姐《ねえさま》」

「……はい」

急に自分に対して改まった態度をとる和孝公主に戸惑って、マリーは兄妹の間に交わされた空気を読み取ることができない。

慌ただしく和孝公主が立ち去ると、永璘も妃たちと愛娘の待つお茶会のために、正房《おもや》へと戻っていった。マリーは後片付けをして、残ったガトー・オ・ショコラの四隅を切って、八角形にする。

羊の腸に残りのクレーム・シャンティを詰め込んで、ガトー・オ・ショコラの周囲を白いクリームの小さな花で囲む。

中心には『Ma trés douce valentine（私のとてもかわいい恋人）』と白いクリームで書き込んだ。

そして、お茶の用意をしてカップをふたつ並べる。お守り袋から銀のメダリヨンを引っ張りだし、カップのひとつに添えた。紅茶を淹れて、カップの縁をカチリと当てる。

「Bonne Saint-Valentin, Jan.（聖ヴァレンタインおめでとう、ジャン）」

そうつぶやいて、マリーは切り落とした四隅のケーキにクレーム・シャンティを添えてゆっくりとつまみつつ、紅茶の馥郁《ふくいく》とした薫りと味を楽しんだ。

ふわりとふくらんだケーキは、しかしカカオの重さでしっとりとした食感を残し、クレーム・シャンティは、砂糖の甘みとカカオの濃厚な苦みを調和させる。

悪くないできだ。

ホテル時代の師匠《ししょう》であれば、怒って壁に投げつけるレベルだが、初めて食べる人間ならば、問題なくおいしいと思うだろう。初心者用に工程を少し省いたレシピの、家庭風味の素朴《そぼく》な味わいと飾り付けのほうが、天爵にとっては妻の手作りであることがわかりやすくていい。

切り落としを食べ終わったマリーがしばらくぼんやりしていると、外から声がかかる。

「どうぞ」とマリーが応えると、燕児が入ってきた。

「今日は忙しかったみたいだな」

「弟子ができましたので」

「瑪麗《マリー》はそのうち紫禁城御膳房の糕點《ガオディアン》厨師《チユーシー》になるんじゃないか」

燕児が苦笑し、マリーも声を出して笑う。

「それはありません。私はたくさんの、いろんなひとに食べて欲しいから。清国にフランスのお菓子の広めるのです」

マリーはカップをもうひとつ出してお茶を注ぎ、燕児に勧めた。

「それが今日の洋菓子か。なんか真っ黒だな。法国《フランス》の文字みたいだけど、なんて書いてあるんだ」

マリーはにっと笑った。

「恋人たちのお祭りの日の、決まり文句。固倫公主《グルニグンジユ》さまと天爵さまの、仲の良いご夫婦縁にあやかって、みんなが幸せになりますように、って意味」

食べるときは人数分に切り分けないといけないんだよな。文字が切れて、縁も切れたら縁起でもないなぁ」

　紅茶をずずっと飲み干して、燕児が言う。

「縁は切れないよ。増えるの」

　東洋的、あるいは仏教的な『縁』という考えはよくわからないマリーだったが、キリストがたった五個のパンで何千という人々の腹を満たした奇跡を思えば、お菓子は分け合えば分け合うほど、口にした者たちは幸せになるのだ。

「その考え方は、いいかもしれないな」

　燕児はケーキを見ながら同意した。

「高厨師は、どう言っている？」

　マリーは不安げに訊ねた。

「いままでの菓子か？　どれも悪くないってさ。老爺《ラオイエ》が喜ぶ味は、みなが学ばないといけないって、王厨師にも食べるようには言ってる。今日のはまた、変わった香りがするから、高厨師はびくびくしながら食べるだろうな。元宵節の忙しさが終わったら、こっちの石窯を見に来るつもりだって言っていた。いまの厨房を改築するときは、この石窯が入るんだろう？」

　燕児の疑問に、マリーは首をかしげる。

「どうかな。これは突貫工事の試作品だからね。鄭さんは、石窯の石工職人を探して、ちゃんとしたのを造らせるようなことを言っていた」

「ここの居心地が良すぎて、もう厨房には帰れないってことはないのか」

マリーは苦笑を返す。

「ここはここで好きだけどね。ひとりでいても、腕が上がるってことはないと思うの。自分の好みのお菓子ばかり作っちゃうでしょ。早く厨房に戻って、高厨師に学びたいことがいっぱいあるのに、島流しに遭ったみたいな気分で、一日に何回も憂鬱《ゆううつ》な気持ちになる」

「高厨師に、それも伝えておく。そろそろ謹慎が解《と》けてもいいころだ。俺たちも人手が足りなくて疲れてきたしな」

燕児はそう言って、ガトー・オ・ショコラを持って厨房へ帰っていった。

マリーは外套《マント》を羽織《はお》り、襟巻きを首に巻いて、表に出た。冬枯れの西園を散策する。

真冬の空は晴れて、青い。

北京の空は、いつも青いような気がする。まだたった四ヶ月が過ぎただけなのに、もうずっとここに住んでいたように思えてくる。

厨房ではうまくやれなかったけど、永璘や和孝はマリーに好意を寄せてくれるし、高厨師からはまだ見捨てられていない。点心局の仲間たちも、同室の娘たちも、マリーを爪弾《つまはじ》きにはしない。

[illegible]はガトー・オ・ショコラにどんな漢名をつけてくれるだろうか。そういえば、

・クレームにも、まだ漢名をいただいていない。

自分を好いてくれるひとを大切にして、夢をあきらめなければ、きっと上手《うま》くいく。

持って生まれた才能を封印された永璘皇子。子どもに恵まれない鈕祜禄氏《ニオフル》。政略による結婚であったために、互いの本心を信じきれない和孝公主と天爵。

高貴な身分に生まれ、余人の羨む高い地位にある人々でさえ、その富と権力を以《もっ》てしても、どうにもすることのできない苦しみやしがらみを抱えて生きている。永璘や鄭凜華であれば、それは人の世に生まれた者の業であると言ったかもしれないが、マリーはすべての人類に平等に背負わされた原罪のゆえかと考える。

どうにもならない日々の中で、マリーが身の回りのひとびとのためにできることは、おいしいお菓子を作ること。そしてその甘さがもたらす幸福感に、ほんのひとときでも純粋な笑みを浮かべてもらうことだけだ。

ガトー・オ・ショコラを仕上げたときの、和孝公主の屈託のない笑みと重なるように、最後に見たマリー・ジョセフィーヌの、寂しげな笑顔がまぶたに浮かぶ。出自の秘密を抱えながらも、マリーの家でお菓子を食べるときは、心から楽しそうに笑っていた大きなマリー。

小さなマリーはいつの間にか、寂しげな笑みを浮かべる大マリーの年齢を追い越していた。

マリーは天を仰ぎ、胸当ての奥に隠したロザリオに手を当てて祈る。

マリー・ジョセフィーヌが幸せでありますように。

東洋人の移民であったマリーの母親が、人種の違いや出自に対する偏見に惑わされることのない伴侶に出会えたように、大陸の彼方にいる大きなマリーが、真の幸福を見つけられますように。

マリーは冷たい空気を吸い込んで、聖句を唱える。

天にまします我らの父よ
願わくは、御名の尊まれんことを　御国の来たらんことを
御心の天に行わるる如く、地にも行われんことを
我らの日用の糧《かて》を、こんにち我らに与え給《たま》え
我らが人に許す如く我らの罪を許し給え
我らを試みにひきたまわざれ
我らを悪より救い給え

マリーは深呼吸をして、取り除ききれなかった淀《よど》みを吐き出し、この胸の痛みが空へと昇華されんことをと、自らの言葉で祈りを繰り返す。

三度目を許します、望まぬ生を受けて苦しむ子らを蔑む人々を許します。
だから、かれらのために怒りを覚える私の罪を許してください。
私を試さないでください。
どうか、私を憎しみから救ってください。　アーメン

参考文献

『王のパティシエ』　ピエール・リエナール、フランソワ・デュトゥ、クレール・オーゲル著　大森由紀子監修　塩谷祐人訳（白水社）
『乾隆帝伝』　後藤末雄著（国書刊行会）
『食在宮廷』　愛新覚羅浩著（学生社）

Haruki Bunko
ハルキ文庫

し 14

親《しん》王《のう》殿《でん》下《か》のパティシエール❷ 最強《さいきょう》の皇女《おうじょ》

著者　篠《しの》原《はら》悠《ゆう》希《き》

2020年4月18日第一刷発行

発行者　角川春樹

発行所　株式会社角川春樹事務所
〒102-0074 東京都千代田区九段南2-1-30 イタリア文化会館

電話　03(3263)5247(編集)
03(3263)5881(営業)

印刷・製本　中央精版印刷株式会社

フォーマット・デザイン　芦澤泰偉
表紙イラストレーション　門坂 流

ISBN978-4-7584-4333-3 C0193
http://www.kadokawaharuki.co.jp/ [営業]
fanmail@kadokawaharuki.co.jp [編集]　ご意見・ご感想をお寄せください。